CONCORDANCE

des Calendriers

Républicain & Grégorien

Depuis 1793 jusqu'en 1806

CONTENANT :

1º Les Décrets de la Convention qui ont établi et régularisé le Calendrier Républicain.

2º La réunion complète des Calendriers des années II, III et suivantes jusqu'au dernier jour où l'ère républicaine fut en usage (10 nivôse an XIV — 31 décembre 1805), avec la concordance des jours de la semaine, des mois et des années de l'ère vulgaire.

3º Le Sénatus-consulte du 22 fructidor an XIII, qui a rétabli l'usage du Calendrier Grégorien à dater du 1er janvier 1806, avec les discours prononcés par REGNAUD (de Saint-Jean-d'Angély) et LAPLACE.

PARIS

ALPHONSE LEMERRE, ÉDITEUR

23-33, PASSAGE CHOISEUL, 23-33

1908

CONCORDANCE

des Calendriers

Républicain & Grégorien

Depuis 1793 jusqu'en 1806

CONTENANT :

1º Les Décrets de la Convention qui ont établi et régularisé le Calendrier Républicain.

2º La réunion complète des Calendriers des années II, III et suivantes jusqu'au dernier jour où l'ère républicaine fut en usage (10 nivôse an XIV — 31 décembre 1805), avec la concordance des jours de la semaine, des mois et des années de l'ère vulgaire.

3º Le Sénatus-consulte du 22 fructidor an XIII, qui a rétabli l'usage du Calendrier Grégorien à dater du 1er janvier 1806, avec les discours prononcés par REGNAUD (de Saint-Jean-d'Angély) et LAPLACE.

PARIS

ALPHONSE LEMERRE, ÉDITEUR

23-33, PASSAGE CHOISEUL, 23-33

—

1908

CONCORDANCE

DES CALENDRIERS

RÉPUBLICAIN ET GRÉGORIEN

Depuis 1793 jusqu'en 1806

Avertissement sur la date des actes publics dans les premiers temps de l'institution de l'ère républicaine.

La Convention nationale, par son décret du 5 octobre 1793, ayant aboli, pour les usages civils, l'ère vulgaire ou calendrier grégorien, data, le lendemain, son procès-verbal, *du 15e jour du 1er mois de l'an 2e de la République Française, une et indivisible*, et continua à employer les mêmes dates numériques de jour et de mois, jusqu'au 3e jour du 2e mois inclusivement.

Dans la séance de ce jour, la commission nommée pour la nomenclature des mois et des jours du nouveau calendrier ayant fait son rapport, et proposé les dénominations de *Vendémiaire, Brumaire*, etc., au lieu de 1er mois, 2e etc., la Convention data, le lendemain, son procès-verbal, *du 4 Brumaire de l'an 2e de la République Française, une et indivisible.*

L'édition officielle des décrets, faite à l'imprimerie du

Louvre, présente une différence dans les dates, et qu'il est essentiel de noter ici. Le 1er décret du 6 octobre porte, ainsi que dans le procès-verbal de la Convention, la date *du 15e jour du 1er mois.* Mais on a conservé les dates numériques de mois et de jour, jusques et compris le 12e jour du 2e mois. Un décret très fameux dans l'histoire de notre législation civile est le dernier qui porte cette date de 2e mois. C'est le décret *relatif aux droits des enfants nés hors du mariage.* Les décrets du lendemain portent la date du *13 Brumaire an 2.*

Ces éclaircissements sont utiles pour prévenir les observations critiques que l'on pourrait faire sur la méthode adoptée de commencer le calendrier républicain au 22 septembre 1793, et pour prévenir en même temps les difficultés que l'on trouverait à concilier les dates concordantes des 42 premiers jours avec celles des actes publics. Le calendrier républicain, d'ailleurs, tel qu'il est présenté ici, est conforme à celui annexé au procès-verbal *de la Convention,* du 4 frimaire an 2.

DÉCRETS

RELATIFS A L'ÉTABLISSEMENT
DE L'ÈRE RÉPUBLICAINE

Décret de la Convention nationale, concernant
l'Ère des Français.

Du 5 Octobre 1793,
l'an second de la République française, une et indivisible.

La Convention nationale, après avoir entendu son comité de l'instruction publique, décrète ce qui suit :

ARTICLE PREMIER

L'ère des Français compte de la fondation de la république, qui a eu lieu le 22 septembre 1792 de l'ère vulgaire,
jour où le soleil est arrivé à l'équinoxe vrai d'automne, en
entrant dans le signe de la balance à 9 heures 18 minutes
30 secondes du matin, pour l'observatoire de Paris.

II. L'ère vulgaire est abolie pour les usages civils.

III. Le commencement de chaque année est fixé à minuit, commençant le jour où tombe l'équinoxe vrai d'automne pour l'observatoire de Paris.

IV. La première année de la république française a
commencé à minuit 22 septembre 1792, et a fini à minuit
séparant le 21 du 22 septembre 1793.

V. La deuxième année a commencé le 22 septembre
1793 à minuit, l'équinoxe vrai d'automne étant arrivé
pour l'observatoire de Paris à 3 heures 7 minutes 19 secondes du soir.

VI. Le décret qui fixait le commencement de la seconde année au 1er janvier 1793 est rapporté. Tous les actes datés l'an 2e de la république, passés dans le courant du 1er janvier au 22 septembre exclusivement, sont regardés comme appartenant à la première année de la république.

VII. L'année est divisée en douze mois égaux de trente jours chacun, après lesquels suivent cinq jours pour compléter l'année ordinaire, et qui n'appartiennent à aucun mois ; ils sont appelés les *jours complémentaires*.

VIII. Chaque mois est divisé en trois parties égales de dix jours chacune, et qui sont appelées *décades*, distinguées entre elles par première, seconde et troisième.

IX. Les mois, les jours de la décade, les jours complémentaires, sont désignés par les dénominations ordinales premier, second, troisième, etc., mois de l'année ; premier, second, troisième, etc., jour de la décade ; premier, second, troisième, etc., jour complémentaire.

X. En mémoire de la révolution qui, après quatre ans, a conduit la France au gouvernement républicain, la période bissextile de quatre ans est appelée *la Franciade*.

Le jour intercalaire qui doit terminer cette période est appelé le jour de *la Révolution*. Ce jour est placé après les cinq jours complémentaires.

XI. Le jour, de minuit à minuit, est divisé en dix parties ; chaque partie en dix autres, ainsi de suite jusqu'à la plus petite portion commensurable de la durée. Cet article ne sera de rigueur pour les actes publics qu'à compter du 1er du premier mois de la troisième année de la république.

XII. Le comité d'instruction publique est chargé de faire imprimer en différents formats le nouveau calendrier, avec une instruction simple pour en expliquer les principes et les usages les plus familiers.

XIII. Le nouveau calendrier ainsi que l'instruction seront envoyés aux corps administratifs, aux municipalités, aux tribunaux, aux juges de paix et à tous les officiers publics, aux instituteurs et professeurs, aux armées et aux

sociétés populaires. Le conseil exécutif provisoire les fera
passer aux ministres, consuls et autres agens de France
dans les pays étrangers.

XIV. Tous les actes publics sont datés suivant la nouvelle organisation de l'année.

XV. Les professeurs, les instituteurs et institutrices, les
pères et mères de famille, et tous ceux qui dirigent l'éducation des enfans de la république, s'empresseront de leur
expliquer le nouveau calendrier, conformément à l'instru-
tion qui y est annexée.

XVI. Tous les quatre ans, ou toutes les Franciades, au
jour de la Révolution, il sera célébré des jeux républicains
en mémoire de la révolution française.

---

*Décret de la Convention nationale, qui fixe l'é-
poque à laquelle les opérations des différentes
Administrations seront réglées suivant le Calendrier républicain.*

Du 1er jour du 2e mois de l'an second
de la République française, une et indivisible.

La Convention nationale, après avoir entendu son comité des finances, décrète :

ARTICLE PREMIER

Pour toutes les administrations dont la comptabilité est
établie par exercices, celui commencé au 1er janvier 1793
continuera jusqu'au 1er jour du 1er mois de la troisième
année de l'ère républicaine.

II. Toutes les administrations dont les recettes, dépenses
et opérations quelconques, étaient divisées par trimestres,
adopteront le calendrier républicain, de manière que le tri-

mestre courant finisse au dernier jour du troisième mois
(20 décembre 1793, vieux style).

III. Toutes les administrations dont les recettes, dépenses
et opérations quelconques, étaient divisées par mois et por-
tions de mois, adopteront le calendrier républicain, de
manière qu'il ait son entier effet le 1ᵉʳ jour du 3ᵉ mois.

IV. Toutes les administrations dont les recettes, dépenses
et opérations quelconques, étaient divisées par semaines,
adopteront la division par décades du calendrier républicain, de manière qu'il ait son entier effet le 1ᵉʳ jour de la
1ʳᵉ décade du 3ᵉ mois.

---

*Décret de la Convention nationale, sur l'ère, le
commencement et l'organisation de l'année, et
sur les noms des jours et des mois.*

Du 4ᵉ jour de Frimaire,
an second de la République française, une et indivisible.

La Convention nationale, après avoir entendu son comité d'instruction publique, décrète ce qui suit :

ARTICLE PREMIER

L'ère des Français compte de la fondation de la république, qui a eu lieu le 22 septembre 1792 de l'ère vulgaire, jour où le soleil est arrivé à l'équinoxe vrai d'automne, en entrant dans le signe de la balance à 9 heures
18 minutes 30 secondes du matin, pour l'observatoire de
Paris.

II. L'ère vulgaire est abolie pour les usages civils.

III. Chaque année commence à minuit, avec le jour où
tombe l'équinoxe vrai d'automne pour l'observatoire de
Paris.

IV. La première année de la République française a commencé à minuit le 22 septembre 1792, et a fini à minuit, séparant le 21 du 22 septembre 1793.

V. La seconde année a commencé le 22 septembre 1793 à minuit, l'équinoxe vrai d'automne étant arrivé ce jour-là pour l'observatoire de Paris à 3 heures 11 minutes 38 secondes du soir.

VI. Le décret qui fixait le commencement de la seconde année au 1er janvier 1793 est rapporté ; tous les actes datés l'an second de la République, passés dans le courant du 1er janvier au 21 septembre inclusivement, sont regardés comme appartenant à la première année de la République.

VII. L'année est divisée en douze mois égaux, de trente jours chacun : après les douze mois suivent cinq jours pour compléter l'année ordinaire ; ces cinq jours n'appartiennent à aucun mois.

VIII. Chaque mois est divisé en trois parties égales, de dix jours chacune, qui sont appelées *Décades*.

Les noms des jours de la décade sont : *Primedi, Duodi, Tridi, Quartidi, Quintidi, Sextidi, Septidi, Octidi, Nonidi, Décadi*.

IX. Les noms des mois sont : pour l'Automne, *Vendémiaire, Brumaire, Frimaire* ;

Pour l'Hiver, *Nivôse, Pluviôse, Ventôse* ;

Pour le Printemps, *Germinal, Floréal, Prairial* ;

Pour l'Été, *Messidor, Thermidor, Fructidor*.

Les cinq derniers s'appellent jours *Sansculotides*.

[Nota. *Par un décret du 7 fructidor an 3, la Convention a rapporté cette disposition, et ordonné que les derniers jours du Calendrier républicain porteraient le nom de* jours complémentaires, *au lieu de celui de* Sansculotides.]

X. L'année ordinaire reçoit un jour de plus, selon que la position de l'équinoxe le comporte, afin de maintenir la coïncidence de l'année civile avec les mouvemens célestes. Ce jour, appelé *jour de la Révolution*, est placé à la fin de l'année, et forme le sixième des *Sansculotides*.

La période de quatre ans, au bout de laquelle cette addition d'un jour est ordinairement nécessaire, est appelée *la Franciade,* en mémoire de la révolution qui, après quatre ans d'efforts, a conduit la France au gouvernement républicain. La quatrième année de *la Franciade* est appelée *Sextile.*

XI. Le jour, de minuit à minuit, est divisé en dix parties ou heures, chaque partie en dix autres, ainsi de suite jusqu'à la plus petite portion commensurable de la durée. La centième partie de l'heure est appelée *minute décimale ;* la centième partie de la minute est appelée *seconde décimale.* Cet article ne sera de rigueur pour les actes publics qu'à compter du 1ᵉʳ Vendémiaire l'an trois de la République.

XII. Le comité d'instruction publique est chargé de faire imprimer, en différents formats, le nouveau calendrier, avec une instruction simple pour en expliquer les principes et l'usage.

XIII. Le calendrier, ainsi que l'instruction, seront envoyés aux corps administratifs, aux municipalités, aux tribunaux, aux juges de paix et à tous les officiers publics, aux armées, aux sociétés populaires et à tous les collèges et écoles. Le conseil exécutif provisoire le fera passer aux ministres, consuls et autres agens de France dans les pays étrangers.

XIV. Tous les actes publics seront datés suivant la nouvelle organisation de l'année.

XV. Les professeurs, les instituteurs et institutrices, les pères et mères de famille, et tous ceux qui dirigent l'éducation des enfans, s'empresseront à leur expliquer le nouveau calendrier, conformément à l'instruction qui y est annexée.

XVI. Tous les quatre ans, ou toutes les Franciades, *au jour de la Révolution,* il sera célébré des jeux républicains, en mémoire de la révolution française.

Ère Républicaine an 2 = Ère Vulgaire 1793

VENDÉMIAIRE AN 2	SEPTEMBRE ET OCTOBRE 1793	BRUMAIRE AN 2	OCTOBRE ET NOVEMBRE 1793	FRIMAIRE AN 2	NOVEMBRE ET DÉCEMBRE 1793
1	22 *Dim.*	1	22 mardi	1	21 jeudi
2	23 lundi	2	23 mercr.	2	22 vendr.
3	24 mardi	3	24 jeudi	3	23 samedi
4	25 mercr.	4	25 vendr.	4	24 *Dim.*
5	26 jeudi	5	26 samedi	5	25 lundi
6	27 vendr.	6	27 *Dim.*	6	26 mardi
7	28 samedi	7	28 lundi	7	27 mercr.
8	29 *Dim.*	8	29 mardi	8	28 jeudi
9	30 lundi	9	30 mercr.	9	29 vendr.
10	1 mardi	10	31 jeudi	10	30 samedi
11	2 mercr.	11	1 vendr.	11	1 *Dim.*
12	3 jeudi	12	2 samedi	12	2 lundi
13	4 vendr.	13	3 *Dim.*	13	3 mardi
14	5 samedi	14	4 lundi	14	4 mercr.
15	6 *Dim.*	15	5 mardi	15	5 jeudi
16	7 lundi	16	6 mercr.	16	6 vendr.
17	8 mardi	17	7 jeudi	17	7 samedi
18	9 mercr.	18	8 vendr.	18	8 *Dim.*
19	10 jeudi	19	9 samedi	19	9 lundi
20	11 vendr.	20	10 *Dim.*	20	10 mardi
21	12 samedi	21	11 lundi	21	11 mercr.
22	13 *Dim.*	22	12 mardi	22	12 jeudi
23	14 lundi	23	13 mercr.	23	13 vendr.
24	15 mardi	24	14 jeudi	24	14 samedi
25	16 mercr.	25	15 vendr.	25	15 *Dim.*
26	17 jeudi	26	16 samedi	26	16 lundi
27	18 vendr.	27	17 *Dim.*	27	17 mardi
28	19 samedi	28	18 lundi	28	18 mercr.
29	20 *Dim.*	29	19 mardi	29	19 jeudi
30	21 lundi	30	20 mercr.	30	20 vendr.

(Les colonnes SEPTEMBRE ET OCTOBRE, OCTOBRE ET NOVEMBRE, NOVEMBRE ET DÉCEMBRE portent respectivement les indications verticales OCTOBRE 1793, NOVEMBRE, DÉCEMBRE.)

Ère Républicaine an 2 = Ère Vulgaire 1793 et 1794

NIVOSE AN 2	DÉCEMBRE 1793 JANVIER 1794		PLUVIOSE AN 2	JANVIER ET FÉVRIER 1794		VENTOSE AN 2	FÉVRIER ET MARS 1794	
1	21	samedi	1	20	lundi	1	19	mercr.
2	22	Dim.	2	21	mardi	2	20	jeudi
3	23	lundi	3	22	mercr.	3	21	vendr.
4	24	mardi	4	23	jeudi	4	22	samedi
5	25	mercr.	5	24	vendr.	5	23	Dim.
6	26	jeudi	6	25	samedi	6	24	lundi
7	27	vendr.	7	26	Dim.	7	25	mardi
8	28	samedi	8	27	lundi	8	26	mercr.
9	29	Dim.	9	28	mardi	9	27	jeudi
10	30	lundi	10	29	mercr.	10	28	vendr.
11	31	mardi	11	30	jeudi	11	MARS 1	samedi
12	JANVIER 1794 1	mercr.	12	31	vendr.	12	2	Dim.
13	2	jeudi	13	FÉVRIER 1	samedi	13	3	lundi
14	3	vendr.	14	2	Dim.	14	4	mardi
15	4	samedi	15	3	lundi	15	5	mercr.
16	5	Dim.	16	4	mardi	16	6	jeudi
17	6	lundi	17	5	mercr.	17	7	vendr.
18	7	mardi	18	6	jeudi	18	8	samedi
19	8	mercr.	19	7	vendr.	19	9	Dim.
20	9	jeudi	20	8	samedi	20	10	lundi
21	10	vendr.	21	9	Dim.	21	11	mardi
22	11	samedi	22	10	lundi	22	12	mercr.
23	12	Dim.	23	11	mardi	23	13	jeudi
24	13	lundi	24	12	mercr.	24	14	vendr.
25	14	mardi	25	13	jeudi	25	15	samedi
26	15	mercr.	26	14	vendr.	26	16	Dim.
27	16	jeudi	27	15	samedi	27	17	lundi
28	17	vendr.	28	16	Dim.	28	18	mardi
29	18	samedi	29	17	lundi	29	19	mercr.
30	19	Dim.	30	18	mardi	30	20	jeudi

Ère Républicaine an 2 = Ère Vulgaire 1794

GERMINAL AN 2	MARS ET AVRIL 1794	FLORÉAL AN 2	AVRIL ET MAI 1794	PRAIRIAL AN 2	MAI ET JUIN 1794
1	21 vendr.	1	20 *Dim.*	1	20 mardi
2	22 samedi	2	21 lundi	2	21 mercr.
3	23 *Dim.*	3	22 mardi	3	22 jeudi
4	24 lundi	4	23 mercr.	4	23 vendr.
5	25 mardi	5	24 jeudi	5	24 samedi
6	26 mercr.	6	25 vendr.	6	25 *Dim.*
7	27 jeudi	7	26 samedi	7	26 lundi
8	28 vendr.	8	27 *Dim.*	8	27 mardi
9	29 samedi	9	28 lundi	9	28 mercr.
10	30 *Dim.*	10	29 mardi	10	29 jeudi
11	31 lundi	11	30 mercr.	11	30 vendr.
12	AVRIL 1794 1 mardi	12	MAI 1 jeudi	12	31 samedi
13	2 mercr.	13	2 vendr.	13	JUIN 1 *Dim*
14	3 jeudi	14	3 samedi	14	2 lundi
15	4 vendr.	15	4 *Dim.*	15	3 mardi
16	5 samedi	16	5 lundi	16	4 mercr.
17	6 *Dim.*	17	6 mardi	17	5 jeudi
18	7 lundi	18	7 mercr.	18	6 vendr.
19	8 mardi	19	8 jeudi	19	7 samedi
20	9 mercr.	20	9 vendr.	20	8 *Dim.*
21	10 jeudi	21	10 samedi	21	9 lundi
22	11 vendr.	22	11 *Dim.*	22	10 mardi
23	12 samedi	23	12 lundi	23	11 mercr.
24	13 *Dim.*	24	13 mardi	24	12 jeudi
25	14 lundi	25	14 mercr.	25	13 vendr.
26	15 mardi	26	15 jeudi	26	14 samedi
27	16 mercr.	27	16 vendr.	27	15 *Dim.*
28	17 jeudi	28	17 samedi	28	16 lundi
29	18 vendr.	29	18 *Dim.*	29	17 mardi
30	19 samedi	30	19 lundi	30	18 mercr.

Ère Républicaine an 2 = Ère Vulgaire 1794

MESSIDOR AN 2	JUIN ET JUILLET 1794	THERMIDOR AN 2	JUILLET ET AOUT 1794	FRUCTIDOR AN 2	AOUT ET SEPTEMBRE 1794
1	19 jeudi	1	19 samedi	1	18 lundi
2	20 vendr.	2	20 Dim.	2	19 mardi
3	21 samedi	3	21 lundi	3	20 mercr.
4	22 Dim.	4	22 mardi	4	21 jeudi
5	23 lundi	5	23 mercr.	5	22 vendr.
6	24 mardi	6	24 jeudi	6	23 samedi
7	25 mercr.	7	25 vendr.	7	24 Dim.
8	26 jeudi	8	26 samedi	8	25 lundi
9	27 vendr.	9	27 Dim.	9	26 mardi
10	28 samedi	10	28 lundi	10	27 mercr.
11	29 Dim.	11	29 mardi	11	28 jeudi
12	30 lundi	12	30 mercr.	12	29 vendr.
13	1 mardi	13	31 jeudi	13	30 samedi
14	2 mercr.	14	1 vendr.	14	31 Dim.
15	3 jeudi	15	2 samedi	15	1 lundi
16	4 vendr.	16	3 Dim.	16	2 mardi
17	5 samedi	17	4 lundi	17	3 mercr.
18	6 Dim.	18	5 mardi	18	4 jeudi
19	7 lundi	19	6 mercr.	19	5 vendr.
20	8 mardi	20	7 jeudi	20	6 samedi
21	9 mercr.	21	8 vendr.	21	7 Dim.
22	10 jeudi	22	9 samedi	22	8 lundi
23	11 vendr.	23	10 Dim.	23	9 mardi
24	12 samedi	24	11 lundi	24	10 mercr.
25	13 Dim.	25	12 mardi	25	11 jeudi
26	14 lundi	26	13 mercr.	26	12 vendr.
27	15 mardi	27	14 jeudi	27	13 samedi
28	16 mercr.	28	15 vendr.	28	14 Dim.
29	17 jeudi	29	16 samedi	29	15 lundi
30	18 vendr.	30	17 Dim.	30	16 mardi
				1	17 mercr.
				2	18 jeudi
				3	19 vendr.
				4	20 samedi
				5	21 Dim.

(colonne JUIN ET JUILLET : JUILLET 1794 ; colonne JUILLET ET AOUT : AOUT ; colonne AOUT ET SEPTEMBRE : SEPTEMBRE ; derniers jours : J. COMPL.)

Ère Républicaine an 3 = Ère Vulgaire 1794

VENDÉMIAIRE AN 3	SEPTEMBRE ET OCTOBRE 1794	BRUMAIRE AN 3	OCTOBRE ET NOVEMBRE 1794	FRIMAIRE AN 3	NOVEMBRE ET DÉCEMBRE 1794
1	22 lundi	1	22 mercr.	1	21 vendr.
2	23 mardi	2	23 jeudi	2	22 samedi
3	24 mercr.	3	24 vendr.	3	23 Dim.
4	25 jeudi	4	25 samedi	4	24 lundi
5	26 vendr.	5	26 Dim.	5	25 mardi
6	27 samedi	6	27 lundi	6	26 mercr.
7	28 Dim.	7	28 mardi	7	27 jeudi
8	29 lundi	8	29 mercr.	8	28 vendr.
9	30 mardi	9	30 jeudi	9	29 samedi
10	1 mercr. (OCTOBRE 1794)	10	31 vendr.	10	30 Dim.
11	2 jeudi	11	1 samedi (NOVEMBRE)	11	1 lundi (DÉCEMBRE)
12	3 vendr.	12	2 Dim.	12	2 mardi
13	4 samedi	13	3 lundi	13	3 mercr.
14	5 Dim.	14	4 mardi	14	4 jeudi
15	6 lundi	15	5 mercr.	15	5 vendr.
16	7 mardi	16	6 jeudi	16	6 samedi
17	8 mercr.	17	7 vendr.	17	7 Dim.
18	9 jeudi	18	8 samedi	18	8 lundi
19	10 vendr.	19	9 Dim.	19	9 mardi
20	11 samedi	20	10 lundi	20	10 mercr.
21	12 Dim.	21	11 mardi	21	11 jeudi
22	13 lundi	22	12 mercr.	22	12 vendr.
23	14 mardi	23	13 jeudi	23	13 samedi
24	15 mercr.	24	14 vendr.	24	14 Dim.
25	16 jeudi	25	15 samedi	25	15 lundi
26	17 vendr.	26	16 Dim.	26	16 mardi
27	18 samedi	27	17 lundi	27	17 mercr.
28	19 Dim.	28	18 mardi	28	18 jeudi
29	20 lundi	29	19 mercr.	29	19 vendr.
30	21 mardi	30	20 jeudi	30	20 samedi

Ère Républicaine an 3 = Ère Vulgaire 1794 et 1795

NIVOSE AN 3	DÉCEMBRE 1794 JANVIER 1795	PLUVIOSE AN 3	JANVIER ET FÉVRIER 1795	VENTOSE AN 3	FÉVRIER ET MARS 1795
1	21 *Dim.*	1	20 mardi	1	19 jeudi
2	22 lundi	2	21 mercr.	2	20 vendr.
3	23 mardi	3	22 jeudi	3	21 samedi
4	24 mercr.	4	23 vendr.	4	22 *Dim.*
5	25 jeudi	5	24 samedi	5	23 lundi
6	26 vendr.	6	25 *Dim.*	6	24 mardi
7	27 samedi	7	26 lundi	7	25 mercr.
8	28 *Dim.*	8	27 mardi	8	26 jeudi
9	29 lundi	9	28 mercr.	9	27 vendr.
10	30 mardi	10	29 jeudi	10	28 samedi
11	31 mercr.	11	30 vendr.	11	1 *Dim.* (MARS)
12	1 jeudi (JANVIER 1795)	12	31 samedi	12	2 lundi
13	2 vendr.	13	1 *Dim.* (FÉVRIER)	13	3 mardi
14	3 samedi	14	2 lundi	14	4 mercr.
15	4 *Dim.*	15	3 mardi	15	5 jeudi
16	5 lundi	16	4 mercr.	16	6 vendr.
17	6 mardi	17	5 jeudi	17	7 samedi
18	7 mercr.	18	6 vendr.	18	8 *Dim.*
19	8 jeudi	19	7 samedi	19	9 lundi
20	9 vendr.	20	8 *Dim.*	20	10 mardi
21	10 samedi	21	9 lundi	21	11 mercr.
22	11 *Dim.*	22	10 mardi	22	12 jeudi
23	12 lundi	23	11 mercr.	23	13 vendr.
24	13 mardi	24	12 jeudi	24	14 samedi
25	14 mercr.	25	13 vendr.	25	15 *Dim.*
26	15 jeudi	26	14 samedi	26	16 lundi
27	16 vendr.	27	15 *Dim.*	27	17 mardi
28	17 samedi	28	16 lundi	28	18 mercr.
29	18 *Dim.*	29	17 mardi	29	19 jeudi
30	19 lundi	30	18 mercr.	30	20 vendr.

Ère Républicaine an 3 = Ère Vulgaire 1795

GERMINAL AN 3	MARS ET AVRIL 1795		FLORÉAL AN 3	AVRIL ET MAI 1795		PRAIRIAL AN 3	MAI ET JUIN 1795	
I	21	samedi	I	20	lundi	I	20	mercr.
2	22	Dim.	2	21	mardi	2	21	jeudi
3	23	lundi	3	22	mercr.	3	22	vendr.
4	24	mardi	4	23	jeudi	4	23	samedi
5	25	mercr.	5	24	vendr.	5	24	Dim.
6	26	jeudi	6	25	samedi	6	25	lundi
7	27	vendr.	7	26	Dim.	7	26	mardi
8	28	samedi	8	27	lundi	8	27	mercr.
9	29	Dim.	9	28	mardi	9	28	jeudi
10	30	lundi	10	29	mercr.	10	29	vendr.
11	31	mardi	11	30	jeudi	11	30	samedi
12	1 AVRIL 1795	mercr.	12	1 MAI	vendr.	12	31	Dim
13	2	jeudi	13	2	samedi	13	1 JUIN	lundi
14	3	vendr.	14	3	Dim.	14	2	mardi
15	4	samedi	15	4	lundi	15	3	mercr.
16	5	Dim.	16	5	mardi	16	4	jeudi
17	6	lundi	17	6	mercr.	17	5	vendr.
18	7	mardi	18	7	jeudi	18	6	samedi
19	8	mercr.	19	8	vendr.	19	7	Dim.
20	9	jeudi	20	9	samedi	20	8	lundi
21	10	vendr.	21	10	Dim.	21	9	mardi
22	11	samedi	22	11	lundi	22	10	mercr.
23	12	Dim.	23	12	mardi	23	11	jeudi
24	13	lundi	24	13	mercr.	24	12	vendr.
25	14	mardi	25	14	jeudi	25	13	samedi
26	15	mercr.	26	15	vendr.	26	14	Dim.
27	16	jeudi	27	16	samedi	27	15	lundi
28	17	vendr.	28	17	Dim.	28	16	mardi
29	18	samedi	29	18	lundi	29	17	mercr.
30	19	Dim.	30	19	mardi	30	18	jeudi

Ère Républicaine an 3 = Ère Vulgaire 1795

MESSIDOR AN 3	JUIN ET JUILLET 1795	THERMIDOR AN 3	JUILLET ET AOUT 1795	FRUCTIDOR AN 3	AOUT ET SEPTEMBRE 1795
1	19 vendr.	1	19 *Dim.*	1	18 mardi
2	20 samedi	2	20 lundi	2	19 mercr.
3	21 *Dim.*	3	21 mardi	3	20 jeudi
4	22 lundi	4	22 mercr.	4	21 vendr.
5	23 mardi	5	23 jeudi	5	22 samedi
6	24 mercr.	6	24 vendr.	6	23 *Dim.*
7	25 jeudi	7	25 samedi	7	24 lundi
8	26 vendr.	8	26 *Dim.*	8	25 mardi
9	27 samedi	9	27 lundi	9	26 mercr.
10	28 *Dim.*	10	28 mardi	10	27 jeudi
11	29 lundi	11	29 mercr.	11	28 vendr.
12	30 mardi	12	30 jeudi	12	29 samedi
13	JUILLET 1795 1 mercr.	13	31 vendr.	13	30 *Dim.*
14	2 jeudi	14	AOUT 1 samedi	14	31 lundi
15	3 vendr.	15	2 *Dim.*	15	SEPTEMBRE 1 mardi
16	4 samedi	16	3 lundi	16	2 mercr.
17	5 *Dim.*	17	4 mardi	17	3 jeudi
18	6 lundi	18	5 mercr.	18	4 vendr.
19	7 mardi	19	6 jeudi	19	5 samedi
20	8 mercr.	20	7 vendr.	20	6 *Dim.*
21	9 jeudi	21	8 samedi	21	7 lundi
22	10 vendr.	22	9 *Dim.*	22	8 mardi
23	11 samedi	23	10 lundi	23	9 mercr.
24	12 *Dim.*	24	11 mardi	24	10 jeudi
25	13 lundi	25	12 mercr.	25	11 vendr.
26	14 mardi	26	13 jeudi	26	12 samedi
27	15 mercr.	27	14 vendr.	27	13 *Dim.*
28	16 jeudi	28	15 samedi	28	14 lundi
29	17 vendr.	29	16 *Dim.*	29	15 mardi
30	18 samedi	30	17 lundi	30	16 mercr.
				J. COMPL. 1	17 jeudi
				2	18 vendr.
				3	19 samedi
				4	20 *Dim.*
				5	21 lundi
				6	22 mardi

Ère Républicaine an 4 = Ère Vulgaire 1795

VENDÉMIAIRE AN 4	SEPTEMBRE ET OCTOBRE 1795		BRUMAIRE AN 4	OCTOBRE ET NOVEMBRE 1795		FRIMAIRE AN 4	NOVEMBRE ET DÉCEMBRE 1795	
I	23	mercr.	I	23	vendr.	I	22	*Dim.*
2	24	jeudi	2	24	samedi	2	23	lundi
3	25	vendr.	3	25	*Dim.*	3	24	mardi
4	26	samedi	4	26	lundi	4	25	mercr.
5	27	*Dim.*	5	27	mardi	5	26	jeudi
6	28	lundi	6	28	mercr.	6	27	vendr.
7	29	mardi	7	29	jeudi	7	28	samedi
8	30	mercr.	8	30	vendr.	8	29	*Dim.*
9	OCTOBRE 1795 1	jeudi	9	31	samedi	9	30	lundi
10	2	vendr.	10	NOVEMBRE 1	*Dim.*	10	DÉCEMBRE 1	mardi
11	3	samedi	11	2	lundi	11	2	mercr.
12	4	*Dim.*	12	3	mardi	12	3	jeudi
13	5	lundi	13	4	mercr.	13	4	vendr.
14	6	mardi	14	5	jeudi	14	5	samedi
15	7	mercr.	15	6	vendr.	15	6	*Dim.*
16	8	jeudi	16	7	samedi	16	7	lundi
17	9	vendr.	17	8	*Dim.*	17	8	mardi
18	10	samedi	18	9	lundi	18	9	mercr.
19	11	*Dim.*	19	10	mardi	19	10	jeudi
20	12	lundi	20	11	mercr.	20	11	vendr.
21	13	mardi	21	12	jeudi	21	12	samedi
22	14	mercr.	22	13	vendr.	22	13	*Dim.*
23	15	jeudi	23	14	samedi	23	14	lundi
24	16	vendr.	24	15	*Dim.*	24	15	mardi
25	17	samedi	25	16	lundi	25	16	mercr.
26	18	*Dim.*	26	17	mardi	26	17	jeudi
27	19	lundi	27	18	mercr.	27	18	vendr.
28	20	mardi	28	19	jeudi	28	19	samedi
29	21	mercr.	29	20	vendr.	29	20	*Dim.*
30	22	jeudi	30	21	samedi	30	21	lundi

Ère Républicaine an 4 = Ère Vulgaire 1795 et 1796

NIVOSE AN 4	DÉCEMBRE 1795 JANVIER 1796	PLUVIOSE AN 4	JANVIER ET FÉVRIER 1796	VENTOSE AN 4	FÉVRIER ET MARS 1796
1	22 mardi	1	21 jeudi	1	20 samedi
2	23 mercr.	2	22 vendr.	2	21 *Dim.*
3	24 jeudi	3	23 samedi	3	22 lundi
4	25 vendr.	4	24 *Dim.*	4	23 mardi
5	26 samedi	5	25 lundi	5	24 mercr.
6	27 *Dim.*	6	26 mardi	6	25 jeudi
7	28 lundi	7	27 mercr.	7	26 vendr.
8	29 mardi	8	28 jeudi	8	27 samedi
9	30 mercr.	9	29 vendr.	9	28 *Dim.*
10	31 jeudi	10	30 samedi	10	29 lundi
11	JANVIER 1796 1 vendr.	11	31 *Dim.*	11	MARS 1 mardi
12	2 samedi	12	FÉVRIER 1 lundi	12	2 mercr.
13	3 *Dim.*	13	2 mardi	13	3 jeudi
14	4 lundi	14	3 mercr.	14	4 vendr.
15	5 mardi	15	4 jeudi	15	5 samedi
16	6 mercr.	16	5 vendr.	16	6 *Dim.*
17	7 jeudi	17	6 samedi	17	7 lundi
18	8 vendr.	18	7 *Dim.*	18	8 mardi
19	9 samedi	19	8 lundi	19	9 mercr.
20	10 *Dim.*	20	9 mardi	20	10 jeudi
21	11 lundi	21	10 mercr.	21	11 vendr.
22	12 mardi	22	11 jeudi	22	12 samedi
23	13 mercr.	23	12 vendr.	23	13 *Dim.*
24	14 jeudi	24	13 samedi	24	14 lundi
25	15 vendr.	25	14 *Dim.*	25	15 mardi
26	16 samedi	26	15 lundi	26	16 mercr.
27	17 *Dim.*	27	16 mardi	27	17 jeudi
28	18 lundi	28	17 mercr.	28	18 vendr.
29	19 mardi	29	18 jeudi	29	19 samedi
30	20 mercr.	30	19 vendr.	30	20 *Dim.*

Ère Républicaine an 4 = Ère Vulgaire 1796

GERMINAL AN 4	MARS ET AVRIL 1796	FLORÉAL AN 4	AVRIL ET MAI 1796	PRAIRIAL AN 4	MAI ET JUIN 1796
1	21 lundi	1	20 mercr.	1	20 vendr.
2	22 mardi	2	21 jeudi	2	21 samedi
3	23 mercr.	3	22 vendr.	3	22 Dim.
4	24 jeudi	4	23 samedi	4	23 lundi
5	25 vendr.	5	24 Dim.	5	24 mardi
6	26 samedi	6	25 lundi	6	25 mercr.
7	27 Dim.	7	26 mardi	7	26 jeudi
8	28 lundi	8	27 mercr.	8	27 vendr.
9	29 mardi	9	28 jeudi	9	28 samedi
10	30 mercr.	10	29 vendr.	10	29 Dim
11	31 jeudi	11	30 samedi	11	30 lundi
12	AVRIL 1796 1 vendr.	12	MAI 1 Dim.	12	31 mardi
13	2 samedi	13	2 lundi	13	JUIN 1 mercr.
14	3 Dim.	14	3 mardi	14	2 jeudi
15	4 lundi	15	4 mercr.	15	3 vendr.
16	5 mardi	16	5 jeudi	16	4 samedi
17	6 mercr.	17	6 vendr.	17	5 Dim.
18	7 jeudi	18	7 samedi	18	6 lundi
19	8 vendr.	19	8 Dim.	19	7 mardi
20	9 samedi	20	9 lundi	20	8 mercr.
21	10 Dim.	21	10 mardi	21	9 jeudi
22	11 lundi	22	11 mercr.	22	10 vendr.
23	12 mardi	23	12 jeudi	23	11 samedi
24	13 mercr.	24	13 vendr.	24	12 Dim.
25	14 jeudi	25	14 samedi	25	13 lundi
26	15 vendr.	26	15 Dim.	26	14 mardi
27	16 samedi	27	16 lundi	27	15 mercr.
28	17 Dim.	28	17 mardi	28	16 jeudi
29	18 lundi	29	18 mercr.	29	17 vendr.
30	19 mardi	30	19 jeudi	30	18 samedi

Ère Républicaine an 4 = Ère Vulgaire 1796

MESSIDOR AN 4	JUIN ET JUILLET 1796	THERMIDOR AN 4	JUILLET ET AOUT 1796	FRUCTIDOR AN 4	AOUT ET SEPTEMBRE 1796
1	19 Dim.	1	19 mardi	1	18 jeudi
2	20 lundi	2	20 mercr.	2	19 vendr.
3	21 mardi	3	21 jeudi	3	20 samedi
4	22 mercr.	4	22 vendr.	4	21 Dim.
5	23 jeudi	5	23 samedi	5	22 lundi
6	24 vendr.	6	24 Dim.	6	23 mardi
7	25 samedi	7	25 lundi	7	24 mercr.
8	26 Dim.	8	26 mardi	8	25 jeudi
9	27 lundi	9	27 mercr.	9	26 vendr.
10	28 mardi	10	28 jeudi	10	27 samedi
11	29 mercr.	11	29 vendr.	11	28 Dim.
12	30 jeudi	12	30 samedi	12	29 lundi
13	*JUILLET 1796* 1 vendr.	13	31 Dim.	13	30 mardi
14	2 samedi	14	*AOUT* 1 lundi	14	31 mercr.
15	3 Dim.	15	2 mardi	15	*SEPTEMBRE* 1 jeudi
16	4 lundi	16	3 mercr.	16	2 vendr.
17	5 mardi	17	4 jeudi	17	3 samedi
18	6 mercr.	18	5 vendr.	18	4 Dim.
19	7 jeudi	19	6 samedi	19	5 lundi
20	8 vendr.	20	7 Dim.	20	6 mardi
21	9 samedi	21	8 lundi	21	7 mercr.
22	10 Dim.	22	9 mardi	22	8 jeudi
23	11 lundi	23	10 mercr.	23	9 vendr.
24	12 mardi	24	11 jeudi	24	10 samedi
25	13 mercr.	25	12 vendr.	25	11 Dim.
26	14 jeudi	26	13 samedi	26	12 lundi
27	15 vendr.	27	14 Dim.	27	13 mardi
28	16 samedi	28	15 lundi	28	14 mercr.
29	17 Dim.	29	16 mardi	29	15 jeudi
30	18 lundi	30	17 mercr.	30	16 vendr.
				J. COMPL. 1	17 samedi
				2	18 Dim.
				3	19 lundi
				4	20 mardi
				5	21 mercr.

Ère Républicaine an 5 = Ère Vulgaire 1796

VENDÉMIAIRE AN 5	SEPTEMBRE ET OCTOBRE 1796	BRUMAIRE AN 5	OCTOBRE ET NOVEMBRE 1796	FRIMAIRE AN 5	NOVEMBRE ET DÉCEMBRE 1796
1	22 jeudi	1	22 samedi	1	21 lundi
2	23 vendr.	2	23 *Dim.*	2	22 mardi
3	24 samedi	3	24 lundi	3	23 mercr.
4	25 *Dim.*	4	25 mardi	4	24 jeudi
5	26 lundi	5	26 mercr.	5	25 vendr.
6	27 mardi	6	27 jeudi	6	26 samedi
7	28 mercr.	7	28 vendr.	7	27 *Dim.*
8	29 jeudi	8	29 samedi	8	28 lundi
9	30 vendr.	9	30 *Dim.*	9	29 mardi
10	OCTOBRE 1796 1 samedi	10	31 lundi	10	30 mercr.
11	2 *Dim.*	11	NOVEMBRE 1 mardi	11	DÉCEMBRE 1 jeudi
12	3 lundi	12	2 mercr.	12	2 vendr.
13	4 mardi	13	3 jeudi	13	3 samedi
14	5 mercr.	14	4 vendr.	14	4 *Dim.*
15	6 jeudi	15	5 samedi	15	5 lundi
16	7 vendr.	16	6 *Dim.*	16	6 mardi
17	8 samedi	17	7 lundi	17	7 mercr.
18	9 *Dim.*	18	8 mardi	18	8 jeudi
19	10 lundi	19	9 mercr.	19	9 vendr.
20	11 mardi	20	10 jeudi	20	10 samedi
21	12 mercr.	21	11 vendr.	21	11 *Dim.*
22	13 jeudi	22	12 samedi	22	12 lundi
23	14 vendr.	23	13 *Dim.*	23	13 mardi
24	15 samedi	24	14 lundi	24	14 mercr.
25	16 *Dim.*	25	15 mardi	25	15 jeudi
26	17 lundi	26	16 mercr.	26	16 vendr.
27	18 mardi	27	17 jeudi	27	17 samedi
28	19 mercr.	28	18 vendr.	28	18 *Dim.*
29	20 jeudi	29	19 samedi	29	19 lundi
30	21 vendr.	30	20 *Dim.*	30	20 mardi

Ère Républicaine an 5 = Ère Vulgaire 1796 et 1797

NIVOSE AN 5	DÉCEMBRE 1796 JANVIER 1797	PLUVIOSE AN 5	JANVIER ET FÉVRIER 1797	VENTOSE AN 5	FÉVRIER ET MARS 1797
1	21 mercr.	1	20 vendr.	1	19 *Dim.*
2	22 jeudi	2	21 samedi	2	20 lundi
3	23 vendr.	3	22 *Dim.*	3	21 mardi
4	24 samedi	4	23 lundi	4	22 mercr.
5	25 *Dim.*	5	24 mardi	5	23 jeudi
6	26 lundi	6	25 mercr.	6	24 vendr.
7	27 mardi	7	26 jeudi	7	25 samedi
8	28 mercr.	8	27 vendr.	8	26 *Dim.*
9	29 jeudi	9	28 samedi	9	27 lundi
10	30 vendr.	10	29 *Dim.*	10	28 mardi
11	31 samedi	11	30 lundi	11	1 mercr.
12	*JANVIER 1797* 1 *Dim.*	12	31 mardi	12	*MARS* 2 jeudi
13	2 lundi	13	1 mercr.	13	3 vendr.
14	3 mardi	14	2 jeudi	14	4 samedi
15	4 mercr.	15	3 vendr.	15	5 *Dim.*
16	5 jeudi	16	4 samedi	16	6 lundi
17	6 vendr.	17	5 *Dim.*	17	7 mardi
18	7 samedi	18	6 lundi	18	8 mercr.
19	8 *Dim.*	19	7 mardi	19	9 jeudi
20	9 lundi	20	8 mercr.	20	10 vendr.
21	10 mardi	21	9 jeudi	21	11 samedi
22	11 mercr.	22	10 vendr.	22	12 *Dim.*
23	12 jeudi	23	11 samedi	23	13 lundi
24	13 vendr.	24	12 *Dim.*	24	14 mardi
25	14 samedi	25	13 lundi	25	15 mercr.
26	15 *Dim.*	26	14 mardi	26	16 jeudi
27	16 lundi	27	15 mercr.	27	17 vendr.
28	17 mardi	28	16 jeudi	28	18 samedi
29	18 mercr.	29	17 vendr.	29	19 *Dim.*
30	19 jeudi	30	18 samedi	30	20 lundi

Ère Républicaine an 5 = Ère Vulgaire 1797

GERMINAL AN 5	MARS ET AVRIL 1797	FLORÉAL AN 5	AVRIL ET MAI 1797	PRAIRIAL AN 5	MAI ET JUIN 1797
1	21 mardi	1	20 jeudi	1	20 samedi
2	22 mercr.	2	21 vendr.	2	21 Dim.
3	23 jeudi	3	22 samedi	3	22 lundi
4	24 vendr.	4	23 Dim.	4	23 mardi
5	25 samedi	5	24 lundi	5	24 mercr.
6	26 Dim.	6	25 mardi	6	25 jeudi
7	27 lundi	7	26 mercr.	7	26 vendr.
8	28 mardi	8	27 jeudi	8	27 samedi
9	29 mercr.	9	28 vendr.	9	28 Dim.
10	30 jeudi	10	29 samedi	10	29 lundi
11	31 vendr.	11	30 Dim.	11	30 mardi
12	1 samedi (AVRIL 1797)	12	1 lundi (MAI)	12	31 mercr.
13	2 Dim.	13	2 mardi	13	1 jeudi (JUIN)
14	3 lundi	14	3 mercr.	14	2 vendr.
15	4 mardi	15	4 jeudi	15	3 samedi
16	5 mercr.	16	5 vendr.	16	4 Dim
17	6 jeudi	17	6 samedi	17	5 lundi
18	7 vendr.	18	7 Dim.	18	6 mardi
19	8 samedi	19	8 lundi	19	7 mercr.
20	9 Dim.	20	9 mardi	20	8 jeudi
21	10 lundi	21	10 mercr.	21	9 vendr.
22	11 mardi	22	11 jeudi	22	10 samedi
23	12 mercr.	23	12 vendr.	23	11 Dim.
24	13 jeudi	24	13 samedi	24	12 lundi
25	14 vendr.	25	14 Dim.	25	13 mardi
26	15 samedi	26	15 lundi	26	14 mercr.
27	16 Dim.	27	16 mardi	27	15 jeudi
28	17 lundi	28	17 mercr.	28	16 vendr.
29	18 mardi	29	18 jeudi	29	17 samedi
30	19 mercr.	30	19 vendr.	30	18 Dim.

Ère Républicaine an 5 = Ère Vulgaire 1797

MESSIDOR AN 5	JUIN ET JUILLET 1797	THERMIDOR AN 5	JUILLET ET AOUT 1797	FRUCTIDOR AN 5	AOUT ET SEPTEMBRE 1797
1	19 lundi	1	19 mercr.	1	18 vendr.
2	20 mardi	2	20 jeudi	2	19 samedi
3	21 mercr.	3	21 vendr.	3	20 Dim.
4	22 jeudi	4	22 samedi	4	21 lundi
5	23 vendr.	5	23 Dim.	5	22 mardi
6	24 samedi	6	24 lundi	6	23 mercr.
7	25 Dim.	7	25 mardi	7	24 jeudi
8	26 lundi	8	26 mercr.	8	25 vendr.
9	27 mardi	9	27 jeudi	9	26 samedi
10	28 mercr.	10	28 vendr.	10	27 Dim.
11	29 jeudi	11	29 samedi	11	28 lundi
12	30 vendr.	12	30 Dim.	12	29 mardi
13	1 samedi	13	31 lundi	13	30 mercr.
14	2 Dim.	14	1 mardi	14	31 jeudi
15	3 lundi	15	2 mercr.	15	1 vendr.
16	4 mardi	16	3 jeudi	16	2 samedi
17	5 mercr.	17	4 vendr.	17	3 Dim.
18	6 jeudi	18	5 samedi	18	4 lundi
19	7 vendr.	19	6 Dim.	19	5 mardi
20	8 samedi	20	7 lundi	20	6 mercr.
21	9 Dim.	21	8 mardi	21	7 jeudi
22	10 lundi	22	9 mercr.	22	8 vendr.
23	11 mardi	23	10 jeudi	23	9 samedi
24	12 mercr.	24	11 vendr.	24	10 Dim.
25	13 jeudi	25	12 samedi	25	11 lundi
26	14 vendr.	26	13 Dim.	26	12 mardi
27	15 samedi	27	14 lundi	27	13 mercr.
28	16 Dim.	28	15 mardi	28	14 jeudi
29	17 lundi	29	16 mercr.	29	15 vendr.
30	18 mardi	30	17 jeudi	30	16 samedi
				J. COMPL. 1	17 Dim.
				2	18 lundi
				3	19 mardi
				4	20 mercr.
				5	21 jeudi

Ère Républicaine an 6 = Ère Vulgaire 1797

VENDÉMIAIRE AN 6	SEPTEMBRE ET OCTOBRE 1797	BRUMAIRE AN 6	OCTOBRE ET NOVEMBRE 1797	FRIMAIRE AN 6	NOVEMBRE ET DÉCEMBRE 1797
1	22 vendr.	1	22 *Dim.*	1	21 mardi
2	23 samedi	2	23 lundi	2	22 mercr.
3	24 *Dim.*	3	24 mardi	3	23 jeudi
4	25 lundi	4	25 mercr.	4	24 vendr.
5	26 mardi	5	26 jeudi	5	25 samedi
6	27 mercr.	6	27 vendr.	6	26 *Dim.*
7	28 jeudi	7	28 samedi	7	27 lundi
8	29 vendr.	8	29 *Dim.*	8	28 mardi
9	30 samedi	9	30 lundi	9	29 mercr.
10	OCTOBRE 1797 1 *Dim.*	10	31 mardi	10	30 jeudi
11	2 lundi	11	NOVEMBRE 1 mercr.	11	DÉCEMBRE 1 vendr.
12	3 mardi	12	2 jeudi	12	2 samedi
13	4 mercr.	13	3 vendr.	13	3 *Dim.*
14	5 jeudi	14	4 samedi	14	4 lundi
15	6 vendr.	15	5 *Dim.*	15	5 mardi
16	7 samedi	16	6 lundi	16	6 mercr.
17	8 *Dim.*	17	7 mardi	17	7 jeudi
18	9 lundi	18	8 mercr.	18	8 vendr.
19	10 mardi	19	9 jeudi	19	9 samedi
20	11 mercr.	20	10 vendr.	20	10 *Dim.*
21	12 jeudi	21	11 samedi	21	11 lundi
22	13 vendr.	22	12 *Dim.*	22	12 mardi
23	14 samedi	23	13 lundi	23	13 mercr.
24	15 *Dim.*	24	14 mardi	24	14 jeudi
25	16 lundi	25	15 mercr.	25	15 vendr.
26	17 mardi	26	16 jeudi	26	16 samedi
27	18 mercr.	27	17 vendr.	27	17 *Dim.*
28	19 jeudi	28	18 samedi	28	18 lundi
29	20 vendr.	29	19 *Dim.*	29	19 mardi
30	21 samedi	30	20 lundi	30	20 mercr.

Ère Républicaine an 6 = Ère Vulgaire 1797 et 1798

NIVOSE AN 6	DÉCEMBRE 1797 JANVIER 1798	PLUVIOSE AN 6	JANVIER ET FÉVRIER 1798	VENTOSE AN 6	FÉVRIER ET MARS 1798
1	21 jeudi	1	20 samedi	1	19 lundi
2	22 vendr.	2	21 Dim.	2	20 mardi
3	23 samedi	3	22 lundi	3	21 mercr.
4	24 Dim.	4	23 mardi	4	22 jeudi
5	25 lundi	5	24 mercr.	5	23 vendr.
6	26 mardi	6	25 jeudi	6	24 samedi
7	27 mercr.	7	26 vendr.	7	25 Dim.
8	28 jeudi	8	27 samedi	8	26 lundi
9	29 vendr.	9	28 Dim.	9	27 mardi
10	30 samedi	10	29 lundi	10	28 mercr.
11	31 Dim.	11	30 mardi	11	1 jeudi (MARS)
12	1 lundi (JANVIER 1798)	12	31 mercr.	12	2 vendr.
13	2 mardi	13	1 jeudi (FÉVRIER)	13	3 samedi
14	3 mercr.	14	2 vendr.	14	4 Dim.
15	4 jeudi	15	3 samedi	15	5 lundi
16	5 vendr.	16	4 Dim.	16	6 mardi
17	6 samedi	17	5 lundi	17	7 mercr.
18	7 Dim.	18	6 mardi	18	8 jeudi
19	8 lundi	19	7 mercr.	19	9 vendr.
20	9 mardi	20	8 jeudi	20	10 samedi
21	10 mercr.	21	9 vendr.	21	11 Dim.
22	11 jeudi	22	10 samedi	22	12 lundi
23	12 vendr.	23	11 Dim.	23	13 mardi
24	13 samedi	24	12 lundi	24	14 mercr.
25	14 Dim.	25	13 mardi	25	15 jeudi
26	15 lundi	26	14 mercr.	26	16 vendr.
27	16 mardi	27	15 jeudi	27	17 samedi
28	17 mercr.	28	16 vendr.	28	18 Dim.
29	18 jeudi	29	17 samedi	29	19 lundi
30	19 vendr.	30	18 Dim.	30	20 mardi

Ère Républicaine an 6 = Ère Vulgaire 1798

GERMINAL AN 6	MARS ET AVRIL 1798	FLORÉAL AN 6	AVRIL ET MAI 1798	PRAIRIAL AN 6	MAI ET JUIN 1798
1	21 mercr.	1	20 vendr.	1	20 *Dim.*
2	22 jeudi	2	21 samedi	2	21 lundi
3	23 vendr.	3	22 *Dim.*	3	22 mardi
4	24 samedi	4	23 lundi	4	23 mercr.
5	25 *Dim.*	5	24 mardi	5	24 jeudi
6	26 lundi	6	25 mercr.	6	25 vendr.
7	27 mardi	7	26 jeudi	7	26 samedi
8	28 mercr.	8	27 vendr.	8	27 *Dim.*
9	29 jeudi	9	28 samedi	9	28 lundi
10	30 vendr.	10	29 *Dim.*	10	29 mardi
11	31 samedi	11	30 lundi	11	30 mercr.
12	AVRIL 1798 1 *Dim.*	12	MAI 1 mardi	12	31 jeudi
13	2 lundi	13	2 mercr.	13	JUIN 1 vendr.
14	3 mardi	14	3 jeudi	14	2 samedi
15	4 mercr.	15	4 vendr.	15	3 *Dim.*
16	5 jeudi	16	5 samedi	16	4 lundi
17	6 vendr.	17	6 *Dim.*	17	5 mardi
18	7 samedi	18	7 lundi	18	6 mercr.
19	8 *Dim.*	19	8 mardi	19	7 jeudi
20	9 lundi	20	9 mercr.	20	8 vendr.
21	10 mardi	21	10 jeudi	21	9 samedi
22	11 mercr.	22	11 vendr.	22	10 *Dim.*
23	12 jeudi	23	12 samedi	23	11 lundi
24	13 vendr.	24	13 *Dim.*	24	12 mardi
25	14 samedi	25	14 lundi	25	13 mercr.
26	15 *Dim.*	26	15 mardi	26	14 jeudi
27	16 lundi	27	16 mercr.	27	15 vendr.
28	17 mardi	28	17 jeudi	28	16 samedi
29	18 mercr.	29	18 vendr.	29	17 *Dim.*
30	19 jeudi	30	19 samedi	30	18 lundi

Ère Républicaine an 6 = Ère Vulgaire 1798

MESSIDOR AN 6	JUIN ET JUILLET 1798	THERMIDOR AN 6	JUILLET ET AOUT 1798	FRUCTIDOR AN 6	AOUT ET SEPTEMBRE 1798
1	19 mardi	1	19 jeudi	1	18 samedi
2	20 mercr.	2	20 vendr.	2	19 *Dim.*
3	21 jeudi	3	21 samedi	3	20 lundi
4	22 vendr.	4	22 *Dim.*	4	21 mardi
5	23 samedi	5	23 lundi	5	22 mercr.
6	24 *Dim.*	6	24 mardi	6	23 jeudi
7	25 lundi	7	25 mercr.	7	24 vendr.
8	26 mardi	8	26 jeudi	8	25 samedi
9	27 mercr.	9	27 vendr.	9	26 *Dim.*
10	28 jeudi	10	28 samedi	10	27 lundi
11	29 vendr.	11	29 *Dim.*	11	28 mardi
12	30 samedi	12	30 lundi	12	29 mercr.
13	1 *Dim.*	13	31 mardi	13	30 jeudi
14	2 lundi	14	1 mercr.	14	31 vendr.
15	3 mardi	15	2 jeudi	15	1 samedi
16	4 mercr.	16	3 vendr.	16	2 *Dim.*
17	5 jeudi	17	4 samedi	17	3 lundi
18	6 vendr.	18	5 *Dim.*	18	4 mardi
19	7 samedi	19	6 lundi	19	5 mercr.
20	8 *Dim.*	20	7 mardi	20	6 jeudi
21	9 lundi	21	8 mercr.	21	7 vendr.
22	10 mardi	22	9 jeudi	22	8 samedi
23	11 mercr.	23	10 vendr.	23	9 *Dim.*
24	12 jeudi	24	11 samedi	24	10 lundi
25	13 vendr.	25	12 *Dim.*	25	11 mardi
26	14 samedi	26	13 lundi	26	12 mercr.
27	15 *Dim.*	27	14 mardi	27	13 jeudi
28	16 lundi	28	15 mercr.	28	14 vendr.
29	17 mardi	29	16 jeudi	29	15 samedi
30	18 mercr.	30	17 vendr.	30	16 *Dim.*
				1	17 lundi
				2	18 mardi
				3	19 mercr.
				4	20 jeudi
				5	21 vendr.

(Colonne JUIN ET JUILLET 1798 : à partir du 13 Messidor, mention « JUILLET 1798 »)

(Colonne JUILLET ET AOUT 1798 : à partir du 14 Thermidor, mention « AOUT »)

(Colonne AOUT ET SEPTEMBRE 1798 : à partir du 15 Fructidor, mention « SEPTEMBRE » ; les jours complémentaires 1 à 5 : mention « J. COMPL. »)

Ère Républicaine an 7 = Ère Vulgaire 1798

VENDÉMIAIRE AN 7	SEPTEMBRE ET OCTOBRE 1798	BRUMAIRE AN 7	OCTOBRE ET NOVEMBRE 1798	FRIMAIRE AN 7	NOVEMBRE ET DÉCEMBRE 1798
1	22 samedi	1	22 lundi	1	21 mercr.
2	23 *Dim.*	2	23 mardi	2	22 jeudi
3	24 lundi	3	24 mercr.	3	23 vendr.
4	25 mardi	4	25 jeudi	4	24 samedi
5	26 mercr.	5	26 vendr.	5	25 *Dim.*
6	27 jeudi	6	27 samedi	6	26 lundi
7	28 vendr.	7	28 *Dim.*	7	27 mardi
8	29 samedi	8	29 lundi	8	28 mercr.
9	30 *Dim.*	9	30 mardi	9	29 jeudi
10	OCTOBRE 1798 1 lundi	10	31 mercr.	10	30 vendr.
11	2 mardi	11	NOVEMBRE 1 jeudi	11	DÉCEMBRE 1 samedi
12	3 mercr.	12	2 vendr.	12	2 *Dim.*
13	4 jeudi	13	3 samedi	13	3 lundi
14	5 vendr.	14	4 *Dim.*	14	4 mardi
15	6 samedi	15	5 lundi	15	5 mercr.
16	7 *Dim.*	16	6 mardi	16	6 jeudi
17	8 lundi	17	7 mercr.	17	7 vendr.
18	9 mardi	18	8 jeudi	18	8 samedi
19	10 mercr.	19	9 vendr.	19	9 *Dim.*
20	11 jeudi	20	10 samedi	20	10 lundi
21	12 vendr.	21	11 *Dim.*	21	11 mardi
22	13 samedi	22	12 lundi	22	12 mercr.
23	14 *Dim.*	23	13 mardi	23	13 jeudi
24	15 lundi	24	14 mercr.	24	14 vendr.
25	16 mardi	25	15 jeudi	25	15 samedi
26	17 mercr.	26	16 vendr.	26	16 *Dim.*
27	18 jeudi	27	17 samedi	27	17 lundi
28	19 vendr.	28	18 *Dim.*	28	18 mardi
29	20 samedi	29	19 lundi	29	19 mercr.
30	21 *Dim.*	30	20 mardi	30	20 jeudi

Ère Républicaine an 7 = Ère Vulgaire 1798 et 1799

NIVOSE AN 7	DÉCEMBRE 1798 JANVIER 1799	PLUVIOSE AN 7	JANVIER ET FÉVRIER 1799	VENTOSE AN 7	FÉVRIER ET MARS 1799
1	21 vendr.	1	20 Dim.	1	19 mardi
2	22 samedi	2	21 lundi	2	20 mercr.
3	23 Dim.	3	22 mardi	3	21 jeudi
4	24 lundi	4	23 mercr.	4	22 vendr.
5	25 mardi	5	24 jeudi	5	23 samedi
6	26 mercr.	6	25 vendr.	6	24 Dim.
7	27 jeudi	7	26 samedi	7	25 lundi
8	28 vendr.	8	27 Dim.	8	26 mardi
9	29 samedi	9	28 lundi	9	27 mercr.
10	30 Dim.	10	29 mardi	10	28 jeudi
11	31 lundi	11	30 mercr.	11	MARS 1 vendr.
12	JANVIER 1799 1 mardi	12	31 jeudi	12	2 samedi
13	2 mercr.	13	FÉVRIER 1 vendr.	13	3 Dim.
14	3 jeudi	14	2 samedi	14	4 lundi
15	4 vendr.	15	3 Dim.	15	5 mardi
16	5 samedi	16	4 lundi	16	6 mercr.
17	6 Dim.	17	5 mardi	17	7 jeudi
18	7 lundi	18	6 mercr.	18	8 vendr.
19	8 mardi	19	7 jeudi	19	9 samedi
20	9 mercr.	20	8 vendr.	20	10 Dim.
21	10 jeudi	21	9 samedi	21	11 lundi
22	11 vendr.	22	10 Dim.	22	12 mardi
23	12 samedi	23	11 lundi	23	13 mercr.
24	13 Dim.	24	12 mardi	24	14 jeudi
25	14 lundi	25	13 mercr.	25	15 vendr.
26	15 mardi	26	14 jeudi	26	16 samedi
27	16 mercr.	27	15 vendr.	27	17 Dim.
28	17 jeudi	28	16 samedi	28	18 lundi
29	18 vendr.	29	17 Dim.	29	19 mardi
30	19 samedi	30	18 lundi	30	20 mercr.

Ère Républicaine an 7 = Ère Vulgaire 1799

GERMINAL AN 7	MARS ET AVRIL 1799	FLORÉAL AN 7	AVRIL ET MAI 1799	PRAIRIAL AN 7	MAI ET JUIN 1799
1	21 jeudi	1	20 samedi	1	20 lundi
2	22 vendr.	2	21 *Dim.*	2	21 mardi
3	23 samedi	3	22 lundi	3	22 mercr.
4	24 *Dim.*	4	23 mardi	4	23 jeudi
5	25 lundi	5	24 mercr.	5	24 vendr.
6	26 mardi	6	25 jeudi	6	25 samedi
7	27 mercr.	7	26 vendr.	7	26 *Dim.*
8	28 jeudi	8	27 samedi	8	27 lundi
9	29 vendr.	9	28 *Dim.*	9	28 mardi
10	30 samedi	10	29 lundi	10	29 mercr.
11	31 *Dim.*	11	30 mardi	11	30 jeudi
12	1 lundi *(AVRIL 1799)*	12	1 mercr. *(MAI)*	12	31 vendr.
13	2 mardi	13	2 jeudi	13	1 samedi *(JUIN)*
14	3 mercr.	14	3 vendr.	14	2 *Dim*
15	4 jeudi	15	4 samedi	15	3 lundi
16	5 vendr.	16	5 *Dim.*	16	4 mardi
17	6 samedi	17	6 lundi	17	5 mercr.
18	7 *Dim.*	18	7 mardi	18	6 jeudi
19	8 lundi	19	8 mercr.	19	7 vendr.
20	9 mardi	20	9 jeudi	20	8 samedi
21	10 mercr.	21	10 vendr.	21	9 *Dim.*
22	11 jeudi	22	11 samedi	22	10 lundi
23	12 vendr.	23	12 *Dim.*	23	11 mardi
24	13 samedi	24	13 lundi	24	12 mercr.
25	14 *Dim.*	25	14 mardi	25	13 jeudi
26	15 lundi	26	15 mercr.	26	14 vendr.
27	16 mardi	27	16 jeudi	27	15 samedi
28	17 mercr.	28	17 vendr.	28	16 *Dim.*
29	18 jeudi	29	18 samedi	29	17 lundi
30	19 vendr.	30	19 *Dim.*	30	18 mardi

Ère Républicaine an 7 = Ère Vulgaire 1799

MESSIDOR AN 7	JUIN ET JUILLET 1799	THERMIDOR AN 7	JUILLET ET AOUT 1799	FRUCTIDOR AN 7	AOUT ET SEPTEMBRE 1799
1	19 mercr.	1	19 vendr.	1	18 *Dim.*
2	20 jeudi	2	20 samedi	2	19 lundi
3	21 vendr.	3	21 *Dim.*	3	20 mardi
4	22 samedi	4	22 lundi	4	21 mercr.
5	23 *Dim.*	5	23 mardi	5	22 jeudi
6	24 lundi	6	24 mercr.	6	23 vendr.
7	25 mardi	7	25 jeudi	7	24 samedi
8	26 mercr.	8	26 vendr.	8	25 *Dim.*
9	27 jeudi	9	27 samedi	9	26 lundi
10	28 vendr.	10	28 *Dim.*	10	27 mardi
11	29 samedi	11	29 lundi	11	28 mercr.
12	30 *Dim.*	12	30 mardi	12	29 jeudi
13	1 lundi (JUILLET 1799)	13	31 mercr.	13	30 vendr.
14	2 mardi	14	1 jeudi (AOUT)	14	31 samedi
15	3 mercr.	15	2 vendr.	15	1 *Dim.* (SEPTEMBRE)
16	4 jeudi	16	3 samedi	16	2 lundi
17	5 vendr.	17	4 *Dim.*	17	3 mardi
18	6 samedi	18	5 lundi	18	4 mercr.
19	7 *Dim.*	19	6 mardi	19	5 jeudi
20	8 lundi	20	7 mercr.	20	6 vendr.
21	9 mardi	21	8 jeudi	21	7 samedi
22	10 mercr.	22	9 vendr.	22	8 *Dim.*
23	11 jeudi	23	10 samedi	23	9 lundi
24	12 vendr.	24	11 *Dim.*	24	10 mardi
25	13 samedi	25	12 lundi	25	11 mercr.
26	14 *Dim.*	26	13 mardi	26	12 jeudi
27	15 lundi	27	14 mercr.	27	13 vendr.
28	16 mardi	28	15 jeudi	28	14 samedi
29	17 mercr.	29	16 vendr.	29	15 *Dim.*
30	18 jeudi	30	17 samedi	30	16 lundi
				1 (J. COMPL.)	17 mardi
				2	18 mercr.
				3	19 jeudi
				4	20 vendr.
				5	21 samedi
				6	22 *Dim.*

Ère Républicaine an 8 = Ère Vulgaire 1799

VENDÉMIAIRE AN 8	SEPTEMBRE ET OCTOBRE 1799	BRUMAIRE AN 8	OCTOBRE ET NOVEMBRE 1799	FRIMAIRE AN 8	NOVEMBRE ET DÉCEMBRE 1799
1	23 lundi	1	23 mercr.	1	22 vendr.
2	24 mardi	2	24 jeudi	2	23 samedi
3	25 mercr.	3	25 vendr.	3	24 *Dim.*
4	26 jeudi	4	26 samedi	4	25 lundi
5	27 vendr.	5	27 *Dim.*	5	26 mardi
6	28 samedi	6	28 lundi	6	27 mercr.
7	29 *Dim.*	7	29 mardi	7	28 jeudi
8	30 lundi	8	30 mercr.	8	29 vendr.
9	1 mardi	9	31 jeudi	9	30 samedi
10	2 mercr.	10	1 vendr.	10	1 *Dim.*
11	3 jeudi	11	2 samedi	11	2 lundi
12	4 vendr.	12	3 *Dim.*	12	3 mardi
13	5 samedi	13	4 lundi	13	4 mercr.
14	6 *Dim.*	14	5 mardi	14	5 jeudi
15	7 lundi	15	6 mercr.	15	6 vendr.
16	8 mardi	16	7 jeudi	16	7 samedi
17	9 mercr.	17	8 vendr.	17	8 *Dim.*
18	10 jeudi	18	9 samedi	18	9 lundi
19	11 vendr.	19	10 *Dim.*	19	10 mardi
20	12 samedi	20	11 lundi	20	11 mercr.
21	13 *Dim.*	21	12 mardi	21	12 jeudi
22	14 lundi	22	13 mercr.	22	13 vendr.
23	15 mardi	23	14 jeudi	23	14 samedi
24	16 mercr.	24	15 vendr.	24	15 *Dim.*
25	17 jeudi	25	16 samedi	25	16 lundi
26	18 vendr.	26	17 *Dim.*	26	17 mardi
27	19 samedi	27	18 lundi	27	18 mercr.
28	20 *Dim.*	28	19 mardi	28	19 jeudi
29	21 lundi	29	20 mercr.	29	20 vendr.
30	22 mardi	30	21 jeudi	30	21 samedi

(OCTOBRE 1799 dans la colonne SEPTEMBRE ET OCTOBRE à partir du 9 ; NOVEMBRE dans la colonne OCTOBRE ET NOVEMBRE à partir du 10 ; DÉCEMBRE dans la colonne NOVEMBRE ET DÉCEMBRE à partir du 10.)

Ère Républicaine an 8 = Ère Vulgaire 1799 et 1800

NIVOSE AN 8	DÉCEMBRE 1799 JANVIER 1800	PLUVIOSE AN 8	JANVIER ET FÉVRIER 1800	VENTOSE AN 8	FÉVRIER ET MARS 1800
1	22 Dim.	1	21 mardi	1	20 jeudi
2	23 lundi	2	22 mercr.	2	21 vendr.
3	24 mardi	3	23 jeudi	3	22 samedi
4	25 mercr.	4	24 vendr.	4	23 Dim.
5	26 jeudi	5	25 samedi	5	24 lundi
6	27 vendr.	6	26 Dim.	6	25 mardi
7	28 samedi	7	27 lundi	7	26 mercr.
8	29 Dim.	8	28 mardi	8	27 jeudi
9	30 lundi	9	29 mercr.	9	28 vendr.
10	31 mardi	10	30 jeudi	10	MARS 1 samedi
11	JANVIER 1800 1 mercr.	11	31 vendr.	11	2 Dim.
12	2 jeudi	12	FÉVRIER 1 samedi	12	3 lundi
13	3 vendr.	13	2 Dim.	13	4 mardi
14	4 samedi	14	3 lundi	14	5 mercr.
15	5 Dim.	15	4 mardi	15	6 jeudi
16	6 lundi	16	5 mercr.	16	7 vendr.
17	7 mardi	17	6 jeudi	17	8 samedi
18	8 mercr.	18	7 vendr.	18	9 Dim.
19	9 jeudi	19	8 samedi	19	10 lundi
20	10 vendr.	20	9 Dim.	20	11 mardi
21	11 samedi	21	10 lundi	21	12 mercr.
22	12 Dim.	22	11 mardi	22	13 jeudi
23	13 lundi	23	12 mercr.	23	14 vendr.
24	14 mardi	24	13 jeudi	24	15 samedi
25	15 mercr.	25	14 vendr.	25	16 Dim.
26	16 jeudi	26	15 samedi	26	17 lundi
27	17 vendr.	27	16 Dim.	27	18 mardi
28	18 samedi	28	17 lundi	28	19 mercr.
29	19 Dim.	29	18 mardi	29	20 jeudi
30	20 lundi	30	19 mercr.	30	21 vendr.

Ère Républicaine an 8 = Ère Vulgaire 1800

GERMINAL AN 8	MARS ET AVRIL 1800	FLORÉAL AN 8	AVRIL ET MAI 1800	PRAIRIAL AN 8	MAI ET JUIN 1800
1	22 samedi	1	21 lundi	1	21 mercr.
2	23 Dim.	2	22 mardi	2	22 jeudi
3	24 lundi	3	23 mercr.	3	23 vendr.
4	25 mardi	4	24 jeudi	4	24 samedi
5	26 mercr.	5	25 vendr.	5	25 Dim.
6	27 jeudi	6	26 samedi	6	26 lundi
7	28 vendr.	7	27 Dim.	7	27 mardi
8	29 samedi	8	28 lundi	8	28 mercr.
9	30 Dim.	9	29 mardi	9	29 jeudi
10	31 lundi	10	30 mercr.	10	30 vendr.
11	1 mardi (AVRIL 1800)	11	1 jeudi (MAI)	11	31 samedi
12	2 mercr.	12	2 vendr.	12	1 Dim. (JUIN)
13	3 jeudi	13	3 samedi	13	2 lundi
14	4 vendr.	14	4 Dim.	14	3 mardi
15	5 samedi	15	5 lundi	15	4 mercr.
16	6 Dim.	16	6 mardi	16	5 jeudi
17	7 lundi	17	7 mercr.	17	6 vendr.
18	8 mardi	18	8 jeudi	18	7 samedi
19	9 mercr.	19	9 vendr.	19	8 Dim.
20	10 jeudi	20	10 samedi	20	9 lundi
21	11 vendr.	21	11 Dim.	21	10 mardi
22	12 samedi	22	12 lundi	22	11 mercr.
23	13 Dim.	23	13 mardi	23	12 jeudi
24	14 lundi	24	14 mercr.	24	13 vendr.
25	15 mardi	25	15 jeudi	25	14 samedi
26	16 mercr.	26	16 vendr.	26	15 Dim.
27	17 jeudi	27	17 samedi	27	16 lundi
28	18 vendr.	28	18 Dim.	28	17 mardi
29	19 samedi	29	19 lundi	29	18 mercr.
30	20 Dim.	30	20 mardi	30	19 jeudi

Ère Républicaine an 8 = Ère Vulgaire 1800

MESSIDOR AN 8	JUIN ET JUILLET 1800	THERMIDOR AN 8	JUILLET ET AOUT 1800
1	20 vendr.	1	20 *Dim.*
2	21 samedi	2	21 lundi
3	22 *Dim.*	3	22 mardi
4	23 lundi	4	23 mercr.
5	24 mardi	5	24 jeudi
6	25 mercr.	6	25 vendr.
7	26 jeudi	7	26 samedi
8	27 vendr.	8	27 *Dim.*
9	28 samedi	9	28 lundi
10	29 *Dim.*	10	29 mardi
11	30 lundi	11	30 mercr.
12	JUILLET 1800 1 mardi	12	31 jeudi
13	2 mercr.	13	AOUT 1 vendr.
14	3 jeudi	14	2 samedi
15	4 vendr.	15	3 *Dim.*
16	5 samedi	16	4 lundi
17	6 *Dim.*	17	5 mardi
18	7 lundi	18	6 mercr.
19	8 mardi	19	7 jeudi
20	9 mercr.	20	8 vendr.
21	10 jeudi	21	9 samedi
22	11 vendr.	22	10 *Dim.*
23	12 samedi	23	11 lundi
24	13 *Dim.*	24	12 mardi
25	14 lundi	25	13 mercr.
26	15 mardi	26	14 jeudi
27	16 mercr.	27	15 vendr.
28	17 jeudi	28	16 samedi
29	18 vendr.	29	17 *Dim.*
30	19 samedi	30	18 lundi

FRUCTIDOR AN 8	AOUT ET SEPTEMBRE 1800
1	19 mardi
2	20 mercr.
3	21 jeudi
4	22 vendr.
5	23 samedi
6	24 *Dim.*
7	25 lundi
8	26 mardi
9	27 mercr.
10	28 jeudi
11	29 vendr.
12	30 samedi
13	31 *Dim.*
14	SEPTEMBRE 1 lundi
15	2 mardi
16	3 mercr.
17	4 jeudi
18	5 vendr.
19	6 samedi
20	7 *Dim.*
21	8 lundi
22	9 mardi
23	10 mercr.
24	11 jeudi
25	12 vendr.
26	13 samedi
27	14 *Dim.*
28	15 lundi
29	16 mardi
30	17 mercr.
J. COMPL. 1	18 jeudi
2	19 vendr.
3	20 samedi
4	21 *Dim.*
5	22 lundi

Ère Républicaine an 9 = Ère Vulgaire 1800

VENDÉMIAIRE AN 9	SEPTEMBRE ET OCTOBRE 1800	BRUMAIRE AN 9	OCTOBRE ET NOVEMBRE 1800	FRIMAIRE AN 9	NOVEMBRE ET DÉCEMBRE 1800
I	23 mardi	I	23 jeudi	I	22 samedi
2	24 mercr.	2	24 vendr.	2	23 Dim.
3	25 jeudi	3	25 samedi	3	24 lundi
4	26 vendr.	4	26 Dim.	4	25 mardi
5	27 samedi	5	27 lundi	5	26 mercr.
6	28 Dim.	6	28 mardi	6	27 jeudi
7	29 lundi	7	29 mercr.	7	28 vendr.
8	30 mardi	8	30 jeudi	8	29 samedi
9	OCTOBRE 1800 1 mercr.	9	31 vendr.	9	30 Dim.
10	2 jeudi	10	NOVEMBRE 1 samedi	10	DÉCEMBRE 1 lundi
11	3 vendr.	11	2 Dim.	11	2 mardi
12	4 samedi	12	3 lundi	12	3 mercr.
13	5 Dim.	13	4 mardi	13	4 jeudi
14	6 lundi	14	5 mercr.	14	5 vendr.
15	7 mardi	15	6 jeudi	15	6 samedi
16	8 mercr.	16	7 vendr.	16	7 Dim.
17	9 jeudi	17	8 samedi	17	8 lundi
18	10 vendr.	18	9 Dim.	18	9 mardi
19	11 samedi	19	10 lundi	19	10 mercr.
20	12 Dim.	20	11 mardi	20	11 jeudi
21	13 lundi	21	12 mercr.	21	12 vendr.
22	14 mardi	22	13 jeudi	22	13 samedi
23	15 mercr.	23	14 vendr.	23	14 Dim.
24	16 jeudi	24	15 samedi	24	15 lundi
25	17 vendr.	25	16 Dim.	25	16 mardi
26	18 samedi	26	17 lundi	26	17 mercr.
27	19 Dim.	27	18 mardi	27	18 jeudi
28	20 lundi	28	19 mercr.	28	19 vendr.
29	21 mardi	29	20 jeudi	29	20 samedi
30	22 mercr.	30	21 vendr.	30	21 Dim.

3

Ère Républicaine an 9 = Ère Vulgaire 1800 et 1801

NIVOSE AN 9	DÉCEMBRE 1800 JANVIER 1801	PLUVIOSE AN 9	JANVIER ET FÉVRIER 1801	VENTOSE AN 9	FÉVRIER ET MARS 1801
1	22 lundi	1	21 mercr.	1	20 vendr.
2	23 mardi	2	22 jeudi	2	21 samedi
3	24 mercr.	3	23 vendr	3	22 *Dim.*
4	25 jeudi	4	24 samedi	4	23 lundi
5	26 vendr.	5	25 *Dim.*	5	24 mardi
6	27 samedi	6	26 lundi	6	25 mercr.
7	28 *Dim.*	7	27 mardi	7	26 jeudi
8	29 lundi	8	28 mercr.	8	27 vendr.
9	30 mardi	9	29 jeudi	9	28 samedi
10	31 mercr.	10	30 vendr.	10	MARS 1 *Dim.*
11	JANVIER 1801 1 jeudi	11	31 samedi	11	2 lundi
12	2 vendr.	12	FÉVRIER 1 *Dim.*	12	3 mardi
13	3 samedi	13	2 lundi	13	4 mercr.
14	4 *Dim.*	14	3 mardi	14	5 jeudi
15	5 lundi	15	4 mercr.	15	6 vendr.
16	6 mardi	16	5 jeudi	16	7 samedi
17	7 mercr.	17	6 vendr.	17	8 *Dim.*
18	8 jeudi	18	7 samedi	18	9 lundi
19	9 vendr.	19	8 *Dim.*	19	10 mardi
20	10 samedi	20	9 lundi	20	11 mercr.
21	11 *Dim.*	21	10 mardi	21	12 jeudi
22	12 lundi	22	11 mercr.	22	13 vendr.
23	13 mardi	23	12 jeudi	23	14 samedi
24	14 mercr.	24	13 vendr.	24	15 *Dim.*
25	15 jeudi	25	14 samedi	25	16 lundi
26	16 vendr.	26	15 *Dim.*	26	17 mardi
27	17 samedi	27	16 lundi	27	18 mercr.
28	18 *Dim.*	28	17 mardi	28	19 jeudi
29	19 lundi	29	18 mercr.	29	20 vendr.
30	20 mardi	30	19 jeudi	30	21 samedi

Ère Républicaine an 9 = Ère Vulgaire 1801

GERMINAL AN 9	MARS ET AVRIL 1801	FLORÉAL AN 9	AVRIL ET MAI 1801	PRAIRIAL AN 9	MAI ET JUIN 1801
1	22 Dim.	1	21 mardi	1	21 jeudi
2	23 lundi	2	22 mercr.	2	22 vendr.
3	24 mardi	3	23 jeudi	3	23 samedi
4	25 mercr.	4	24 vendr.	4	24 Dim.
5	26 jeudi	5	25 samedi	5	25 lundi
6	27 vendr.	6	26 Dim.	6	26 mardi
7	28 samedi	7	27 lundi	7	27 mercr.
8	29 Dim.	8	28 mardi	8	28 jeudi
9	30 lundi	9	29 mercr.	9	29 vendr.
10	31 mardi	10	30 jeudi	10	30 samedi
11	AVRIL 1801 1 mercr.	11	MAI 1 vendr.	11	JUIN 31 Dim.
12	2 jeudi	12	2 samedi	12	1 lundi
13	3 vendr.	13	3 Dim.	13	2 mardi
14	4 samedi	14	4 lundi	14	3 mercr.
15	5 Dim.	15	5 mardi	15	4 jeudi
16	6 lundi	16	6 mercr.	16	5 vendr.
17	7 mardi	17	7 jeudi	17	6 samedi
18	8 mercr.	18	8 vendr.	18	7 Dim.
19	9 jeudi	19	9 samedi	19	8 lundi
20	10 vendr.	20	10 Dim.	20	9 mardi
21	11 samedi	21	11 lundi	21	10 mercr.
22	12 Dim.	22	12 mardi	22	11 jeudi
23	13 lundi	23	13 mercr.	23	12 vendr.
24	14 mardi	24	14 jeudi	24	13 samedi
25	15 mercr.	25	15 vendr.	25	14 Dim.
26	16 jeudi	26	16 samedi	26	15 lundi
27	17 vendr.	27	17 Dim.	27	16 mardi
28	18 samedi	28	18 lundi	28	17 mercr.
29	19 Dim.	29	19 mardi	29	18 jeudi
30	20 lundi	30	20 mercr.	30	19 vendr.

Ère Républicaine an 9 = Ère Vulgaire 1801

MESSIDOR AN 9	JUIN ET JUILLET 1801	THERMIDOR AN 9	JUILLET ET AOUT 1801	FRUCTIDOR AN 9	AOUT ET SEPTEMBRE 1801
1	20 samedi	1	20 lundi	1	19 mercr.
2	21 Dim.	2	21 mardi	2	20 jeudi
3	22 lundi	3	22 mercr.	3	21 vendr.
4	23 mardi	4	23 jeudi	4	22 samedi
5	24 mercr.	5	24 vendr.	5	23 Dim.
6	25 jeudi	6	25 samedi	6	24 lundi
7	26 vendr.	7	26 Dim.	7	25 mardi
8	27 samedi	8	27 lundi	8	26 mercr.
9	28 Dim.	9	28 mardi	9	27 jeudi
10	29 lundi	10	29 mercr.	10	28 vendr.
11	30 mardi	11	30 jeudi	11	29 samedi
12	1 mercr.	12	31 vendr.	12	30 Dim.
13	2 jeudi	13	1 samedi	13	31 lundi
14	3 vendr.	14	2 Dim.	14	1 mardi
15	4 samedi	15	3 lundi	15	2 mercr.
16	5 Dim.	16	4 mardi	16	3 jeudi
17	6 lundi	17	5 mercr.	17	4 vendr.
18	7 mardi	18	6 jeudi	18	5 samedi
19	8 mercr.	19	7 vendr.	19	6 Dim.
20	9 jeudi	20	8 samedi	20	7 lundi
21	10 vendr.	21	9 Dim.	21	8 mardi
22	11 samedi	22	10 lundi	22	9 mercr.
23	12 Dim.	23	11 mardi	23	10 jeudi
24	13 lundi	24	12 mercr.	24	11 vendr.
25	14 mardi	25	13 jeudi	25	12 samedi
26	15 mercr.	26	14 vendr.	26	13 Dim.
27	16 jeudi	27	15 samedi	27	14 lundi
28	17 vendr.	28	16 Dim.	28	15 mardi
29	18 samedi	29	17 lundi	29	16 mercr.
30	19 Dim.	30	18 mardi	30	17 jeudi
				1	18 vendr.
				2	19 samedi
				3	20 Dim.
				4	21 lundi
				5	22 mardi

(Colonne JUIN: JUILLET 1801 — Colonne JUILLET: AOUT — Colonne AOUT: SEPTEMBRE — J. COMPL.)

Ère Républicaine an 10 = Ère Vulgaire 1801

VENDÉMIAIRE AN 10	SEPTEMBRE ET OCTOBRE 1801	BRUMAIRE AN 10	OCTOBRE ET NOVEMBRE 1801	FRIMAIRE AN 10	NOVEMBRE ET DÉCEMBRE 1801
1	23 mercr.	1	23 vendr.	1	22 *Dim.*
2	24 jeudi	2	24 samedi	2	23 lundi
3	25 vendr.	3	25 *Dim.*	3	24 mardi
4	26 samedi	4	26 lundi	4	25 mercr.
5	27 *Dim.*	5	27 mardi	5	26 jeudi
6	28 lundi	6	28 mercr.	6	27 vendr.
7	29 mardi	7	29 jeudi	7	28 samedi
8	30 mercr.	8	30 vendr.	8	29 *Dim.*
9	OCTOBRE 1801 1 jeudi	9	31 samedi	9	30 lundi
10	2 vendr.	10	NOVEMBRE 1 *Dim.*	10	DÉCEMBRE 1 mardi
11	3 samedi	11	2 lundi	11	2 mercr.
12	4 *Dim.*	12	3 mardi	12	3 jeudi
13	5 lundi	13	4 mercr.	13	4 vendr.
14	6 mardi	14	5 jeudi	14	5 samedi
15	7 mercr.	15	6 vendr.	15	6 *Dim.*
16	8 jeudi	16	7 samedi	16	7 lundi
17	9 vendr.	17	8 *Dim.*	17	8 mardi
18	10 samedi	18	9 lundi	18	9 mercr.
19	11 *Dim.*	19	10 mardi	19	10 jeudi
20	12 lundi	20	11 mercr.	20	11 vendr.
21	13 mardi	21	12 jeudi	21	12 samedi
22	14 mercr.	22	13 vendr.	22	13 *Dim.*
23	15 jeudi	23	14 samedi	23	14 lundi
24	16 vendr.	24	15 *Dim.*	24	15 mardi
25	17 samedi	25	16 lundi	25	16 mercr.
26	18 *Dim.*	26	17 mardi	26	17 jeudi
27	19 lundi	27	18 mercr.	27	18 vendr.
28	20 mardi	28	19 jeudi	28	19 samedi
29	21 mercr.	29	20 vendr.	29	20 *Dim.*
30	22 jeudi	30	21 samedi	30	21 lundi

Ère Républicaine an 10 = Ère Vulgaire 1801 et 1802

NIVÔSE AN 10	DÉCEMBRE 1801 JANVIER 1802	PLUVIOSE AN 10	JANVIER ET FÉVRIER 1802	VENTOSE AN 10	FÉVRIER ET MARS 1802
1	22 mardi	1	21 jeudi	1	20 samedi
2	23 mercr.	2	22 vendr.	2	21 Dim.
3	24 jeudi	3	23 samedi	3	22 lundi
4	25 vendr.	4	24 Dim.	4	23 mardi
5	26 samedi	5	25 lundi	5	24 mercr.
6	27 Dim.	6	26 mardi	6	25 jeudi
7	28 lundi	7	27 mercr.	7	26 vendr.
8	29 mardi	8	28 jeudi	8	27 samedi
9	30 mercr.	9	29 vendr.	9	28 Dim.
10	31 jeudi	10	30 samedi	10	MARS 1 lundi
11	JANVIER 1802 1 vendr.	11	31 Dim.	11	2 mardi
12	2 samedi	12	FÉVRIER 1 lundi	12	3 mercr.
13	3 Dim.	13	2 mardi	13	4 jeudi
14	4 lundi	14	3 mercr.	14	5 vendr.
15	5 mardi	15	4 jeudi	15	6 samedi
16	6 mercr.	16	5 vendr.	16	7 Dim.
17	7 jeudi	17	6 samedi	17	8 lundi
18	8 vendr.	18	7 Dim.	18	9 mardi
19	9 samedi	19	8 lundi	19	10 mercr.
20	10 Dim.	20	9 mardi	20	11 jeudi
21	11 lundi	21	10 mercr.	21	12 vendr.
22	12 mardi	22	11 jeudi	22	13 samedi
23	13 mercr.	23	12 vendr.	23	14 Dim.
24	14 jeudi	24	13 samedi	24	15 lundi
25	15 vendr.	25	14 Dim.	25	16 mardi
26	16 samedi	26	15 lundi	26	17 mercr.
27	17 Dim.	27	16 mardi	27	18 jeudi
28	18 lundi	28	17 mercr.	28	19 vendr.
29	19 mardi	29	18 jeudi	29	20 samedi
30	20 mercr.	30	19 vendr.	30	21 Dim.

Ère Républicaine an 10 = Ère Vulgaire 1802

GERMINAL AN 10	MARS ET AVRIL 1802	FLORÉAL AN 10	AVRIL ET MAI 1802	PRAIRIAL AN 10	MAI ET JUIN 1802
1	22 lundi	1	21 mercr.	1	21 vendr.
2	23 mardi	2	22 jeudi	2	22 samedi
3	24 mercr.	3	23 vendr.	3	23 *Dim.*
4	25 jeudi	4	24 samedi	4	24 lundi
5	26 vendr.	5	25 *Dim.*	5	25 mardi
6	27 samedi	6	26 lundi	6	26 mercr.
7	28 *Dim.*	7	27 mardi	7	27 jeudi
8	29 lundi	8	28 mercr.	8	28 vendr.
9	30 mardi	9	29 jeudi	9	29 samedi
10	31 mercr.	10	30 vendr.	10	30 *Dim.*
11	1 jeudi	11	1 samedi	11	31 lundi
12	2 vendr.	12	2 *Dim.*	12	1 mardi
13	3 samedi	13	3 lundi	13	2 mercr.
14	4 *Dim.*	14	4 mardi	14	3 jeudi
15	5 lundi	15	5 mercr.	15	4 vendr.
16	6 mardi	16	6 jeudi	16	5 samedi
17	7 mercr.	17	7 vendr.	17	6 *Dim.*
18	8 jeudi	18	8 samedi	18	7 lundi
19	9 vendr.	19	9 *Dim.*	19	8 mardi
20	10 samedi	20	10 lundi	20	9 mercr.
21	11 *Dim.*	21	11 mardi	21	10 jeudi
22	12 lundi	22	12 mercr.	22	11 vendr.
23	13 mardi	23	13 jeudi	23	12 samedi
24	14 mercr.	24	14 vendr.	24	13 *Dim.*
25	15 jeudi	25	15 samedi	25	14 lundi
26	16 vendr.	26	16 *Dim.*	26	15 mardi
27	17 samedi	27	17 lundi	27	16 mercr.
28	18 *Dim.*	28	18 mardi	28	17 jeudi
29	19 lundi	29	19 mercr.	29	18 vendr.
30	20 mardi	30	20 jeudi	30	19 samedi

AVRIL 1802 (dans la colonne MARS ET AVRIL, à partir du 11)
MAI (dans la colonne AVRIL ET MAI, à partir du 11)
JUIN (dans la colonne MAI ET JUIN, à partir du 12)

Ère Républicaine an 10 = Ère Vulgaire 1802

MESSIDOR AN 10	JUIN ET JUILLET 1802	THERMIDOR AN 10	JUILLET ET AOUT 1802	FRUCTIDOR AN 10	AOUT ET SEPTEMBRE 1802
1	20 *Dim.*	1	20 mardi	1	19 jeudi
2	21 lundi	2	21 mercr.	2	20 vendr.
3	22 mardi	3	22 jeudi	3	21 samedi
4	23 mercr.	4	23 vendr.	4	22 *Dim.*
5	24 jeudi	5	24 samedi	5	23 lundi
6	25 vendr.	6	25 *Dim.*	6	24 mardi
7	26 samedi	7	26 lundi	7	25 mercr.
8	27 *Dim.*	8	27 mardi	8	26 jeudi
9	28 lundi	9	28 mercr.	9	27 vendr.
10	29 mardi	10	29 jeudi	10	28 samedi
11	30 mercr.	11	30 vendr.	11	29 *Dim.*
12	1 jeudi	12	31 samedi	12	30 lundi
13	2 vendr.	13	1 *Dim.*	13	31 mardi
14	3 samedi	14	2 lundi	14	1 mercr.
15	4 *Dim.*	15	3 mardi	15	2 jeudi
16	5 lundi	16	4 mercr.	16	3 vendr.
17	6 mardi	17	5 jeudi	17	4 samedi
18	7 mercr.	18	6 vendr.	18	5 *Dim.*
19	8 jeudi	19	7 samedi	19	6 lundi
20	9 vendr.	20	8 *Dim.*	20	7 mardi
21	10 samedi	21	9 lundi	21	8 mercr.
22	11 *Dim.*	22	10 mardi	22	9 jeudi
23	12 lundi	23	11 mercr.	23	10 vendr.
24	13 mardi	24	12 jeudi	24	11 samedi
25	14 mercr.	25	13 vendr.	25	12 *Dim.*
26	15 jeudi	26	14 samedi	26	13 lundi
27	16 vendr.	27	15 *Dim.*	27	14 mardi
28	17 samedi	28	16 lundi	28	15 mercr.
29	18 *Dim.*	29	17 mardi	29	16 jeudi
30	19 lundi	30	18 mercr.	30	17 vendr.
				1	18 samedi
				2	19 *Dim.*
				3	20 lundi
				4	21 mardi
				5	22 mercr.

(Colonne JUIN ET JUILLET 1802 : à partir du 12, JUILLET 1802 — 1 jeudi, etc.)
(Colonne JUILLET ET AOUT 1802 : à partir du 13, AOUT — 1 *Dim.*, etc.)
(Colonne AOUT ET SEPTEMBRE 1802 : à partir du 14, SEPTEMBRE — 1 mercr., etc.)
(Colonne FRUCTIDOR AN 10 : les lignes 1 à 5 finales — J. COMPL.)

Ère Républicaine an 11 = Ère Vulgaire 1802

VENDÉMIAIRE AN 11	SEPTEMBRE ET OCTOBRE 1802	BRUMAIRE AN 11	OCTOBRE ET NOVEMBRE 1802	FRIMAIRE AN 11	NOVEMBRE ET DÉCEMBRE 1802
1	23 jeudi	1	23 samedi	1	22 lundi
2	24 vendr.	2	24 *Dim.*	2	23 mardi
3	25 samedi	3	25 lundi	3	24 mercr.
4	26 *Dim.*	4	26 mardi	4	25 jeudi
5	27 lundi	5	27 mercr.	5	26 vendr.
6	28 mardi	6	28 jeudi	6	27 samedi
7	29 mercr.	7	29 vendr.	7	28 *Dim.*
8	30 jeudi	8	30 samedi	8	29 lundi
9	1 vendr.	9	31 *Dim.*	9	30 mardi
10	2 samedi	10	1 lundi	10	1 mercr.
11	3 *Dim.*	11	2 mardi	11	2 jeudi
12	4 lundi	12	3 mercr.	12	3 vendr.
13	5 mardi	13	4 jeudi	13	4 samedi
14	6 mercr.	14	5 vendr.	14	5 *Dim.*
15	7 jeudi	15	6 samedi	15	6 lundi
16	8 vendr.	16	7 *Dim.*	16	7 mardi
17	9 samedi	17	8 lundi	17	8 mercr.
18	10 *Dim.*	18	9 mardi	18	9 jeudi
19	11 lundi	19	10 mercr.	19	10 vendr.
20	12 mardi	20	11 jeudi	20	11 samedi
21	13 mercr.	21	12 vendr.	21	12 *Dim.*
22	14 jeudi	22	13 samedi	22	13 lundi
23	15 vendr.	23	14 *Dim.*	23	14 mardi
24	16 samedi	24	15 lundi	24	15 mercr.
25	17 *Dim.*	25	16 mardi	25	16 jeudi
26	18 lundi	26	17 mercr.	26	17 vendr.
27	19 mardi	27	18 jeudi	27	18 samedi
28	20 mercr.	28	19 vendr.	28	19 *Dim.*
29	21 jeudi	29	20 samedi	29	20 lundi
30	22 vendr.	30	21 *Dim.*	30	21 mardi

Note: Colonne SEPTEMBRE ET OCTOBRE — OCTOBRE 1802 à partir du 1er (ligne 9). Colonne OCTOBRE ET NOVEMBRE — NOVEMBRE à partir du 1er (ligne 10). Colonne NOVEMBRE ET DÉCEMBRE — DÉCEMBRE à partir du 1er (ligne 10).

3.

Ère Républicaine an 11 = Ère Vulgaire 1802 et 1803

NIVOSE AN II	DÉCEMBRE 1802 JANVIER 1803	PLUVIOSE AN II	JANVIER ET FÉVRIER 1803	VENTOSE AN II	FÉVRIER ET MARS 1803
1	22 mercr.	1	21 vendr.	1	20 Dim.
2	23 jeudi	2	22 samedi	2	21 lundi
3	24 vendr.	3	23 Dim.	3	22 mardi
4	25 samedi	4	24 lundi	4	23 mercr.
5	26 Dim.	5	25 mardi	5	24 jeudi
6	27 lundi	6	26 mercr.	6	25 vendr.
7	28 mardi	7	27 jeudi	7	26 samedi
8	29 mercr.	8	28 vendr.	8	27 Dim.
9	30 jeudi	9	29 samedi	9	28 lundi
10	31 vendr.	10	30 Dim.	10	MARS 1 mardi
11	JANVIER 1803 1 samedi	11	31 lundi	11	2 mercr.
12	2 Dim.	12	FÉVRIER 1 mardi	12	3 jeudi
13	3 lundi	13	2 mercr.	13	4 vendr.
14	4 mardi	14	3 jeudi	14	5 samedi
15	5 mercr.	15	4 vendr.	15	6 Dim.
16	6 jeudi	16	5 samedi	16	7 lundi
17	7 vendr.	17	6 Dim.	17	8 mardi
18	8 samedi	18	7 lundi	18	9 mercr.
19	9 Dim.	19	8 mardi	19	10 jeudi
20	10 lundi	20	9 mercr.	20	11 vendr.
21	11 mardi	21	10 jeudi	21	12 samedi
22	12 mercr.	22	11 vendr.	22	13 Dim.
23	13 jeudi	23	12 samedi	23	14 lundi
24	14 vendr.	24	13 Dim.	24	15 mardi
25	15 samedi	25	14 lundi	25	16 mercr.
26	16 Dim.	26	15 mardi	26	17 jeudi
27	17 lundi	27	16 mercr.	27	18 vendr.
28	18 mardi	28	17 jeudi	28	19 samedi
29	19 mercr.	29	18 vendr.	29	20 Dim.
30	20 jeudi	30	19 samedi	30	21 lundi

Ère Républicaine an 11 = Ère Vulgaire 1803

GERMINAL AN 11	MARS ET AVRIL 1803	FLORÉAL AN 11	AVRIL ET MAI 1803	PRAIRIAL AN 11	MAI ET JUIN 1803
1	22 mardi	1	21 jeudi	1	21 samedi
2	23 mercr.	2	22 vendr.	2	22 *Dim.*
3	24 jeudi	3	23 samedi	3	23 lundi
4	25 vendr.	4	24 *Dim.*	4	24 mardi
5	26 samedi	5	25 lundi	5	25 mercr.
6	27 *Dim.*	6	26 mardi	6	26 jeudi
7	28 lundi	7	27 mercr.	7	27 vendr.
8	29 mardi	8	28 jeudi	8	28 samedi
9	30 mercr.	9	29 vendr.	9	29 *Dim.*
10	31 jeudi	10	30 samedi	10	30 lundi
11	1 vendr.	11	1 *Dim.*	11	31 mardi
12	2 samedi	12	2 lundi	12	1 mercr.
13	3 *Dim.*	13	3 mardi	13	2 jeudi
14	4 lundi	14	4 mercr.	14	3 vendr.
15	5 mardi	15	5 jeudi	15	4 samedi
16	6 mercr.	16	6 vendr.	16	5 Dim
17	7 jeudi	17	7 samedi	17	6 lundi
18	8 vendr.	18	8 *Dim.*	18	7 mardi
19	9 samedi	19	9 lundi	19	8 mercr.
20	10 *Dim.*	20	10 mardi	20	9 jeudi
21	11 lundi	21	11 mercr.	21	10 vendr.
22	12 mardi	22	12 jeudi	22	11 samedi
23	13 mercr.	23	13 vendr.	23	12 *Dim.*
24	14 jeudi	24	14 samedi	24	13 lundi
25	15 vendr.	25	15 *Dim.*	25	14 mardi
26	16 samedi	26	16 lundi	26	15 mercr.
27	17 *Dim.*	27	17 mardi	27	16 jeudi
28	18 lundi	28	18 mercr.	28	17 vendr.
29	19 mardi	29	19 jeudi	29	18 samedi
30	20 mercr.	30	20 vendr.	30	19 *Dim.*

AVRIL 1803 — MAI — JUIN

Ère Républicaine an 11 = Ère Vulgaire 1803

MESSIDOR AN 11	JUIN ET JUILLET 1803	THERMIDOR AN 11	JUILLET ET AOUT 1803	FRUCTIDOR AN 11	AOUT ET SEPTEMBRE 1803
1	20 lundi	1	20 mercr.	1	19 vendr.
2	21 mardi	2	21 jeudi	2	20 samedi
3	22 mercr.	3	22 vendr.	3	21 Dim.
4	23 jeudi	4	23 samedi	4	22 lundi
5	24 vendr.	5	24 Dim.	5	23 mardi
6	25 samedi	6	25 lundi	6	24 mercr.
7	26 Dim.	7	26 mardi	7	25 jeudi
8	27 lundi	8	27 mercr.	8	26 vendr.
9	28 mardi	9	28 jeudi	9	27 samedi
10	29 mercr.	10	29 vendr.	10	28 Dim.
11	30 jeudi	11	30 samedi	11	29 lundi
12	*JUILLET 1803* 1 vendr.	12	31 Dim.	12	30 mardi
13	2 samedi	13	*AOUT* 1 lundi	13	31 mercr.
14	3 Dim.	14	2 mardi	14	*SEPTEMBRE* 1 jeudi
15	4 lundi	15	3 mercr.	15	2 vendr.
16	5 mardi	16	4 jeudi	16	3 samedi
17	6 mercr.	17	5 vendr.	17	4 Dim.
18	7 jeudi	18	6 samedi	18	5 lundi
19	8 vendr.	19	7 Dim.	19	6 mardi
20	9 samedi	20	8 lundi	20	7 mercr.
21	10 Dim.	21	9 mardi	21	8 jeudi
22	11 lundi	22	10 mercr.	22	9 vendr.
23	12 mardi	23	11 jeudi	23	10 samedi
24	13 mercr.	24	12 vendr.	24	11 Dim.
25	14 jeudi	25	13 samedi	25	12 lundi
26	15 vendr.	26	14 Dim.	26	13 mardi
27	16 samedi	27	15 lundi	27	14 mercr.
28	17 Dim.	28	16 mardi	28	15 jeudi
29	18 lundi	29	17 mercr.	29	16 vendr.
30	19 mardi	30	18 jeudi	30	17 samedi
				J. COMPL. 1	18 Dim.
				2	19 lundi
				3	20 mardi
				4	21 mercr.
				5	22 jeudi
				6	23 vendr.

Ère Républicaine an 12 = Ère Vulgaire 1803

VENDÉMIAIRE AN 12	SEPTEMBRE ET OCTOBRE 1803	BRUMAIRE AN 12	OCTOBRE ET NOVEMBRE 1803	FRIMAIRE AN 12	NOVEMBRE ET DÉCEMBRE 1803
1	24 samedi	1	24 lundi	1	23 mercr.
2	25 *Dim.*	2	25 mardi	2	24 jeudi
3	26 lundi	3	26 mercr.	3	25 vendr.
4	27 mardi	4	27 jeudi	4	26 samedi
5	28 mercr.	5	28 vendr.	5	27 *Dim.*
6	29 jeudi	6	29 samedi	6	28 lundi
7	30 vendr.	7	30 *Dim.*	7	29 mardi
8	*OCTOBRE 1803* 1 samedi	8	31 lundi	8	30 mercr.
9	2 *Dim.*	9	*NOVEMBRE* 1 mardi	9	*DÉCEMBRE* 1 jeudi
10	3 lundi	10	2 mercr.	10	2 vendr.
11	4 mardi	11	3 jeudi	11	3 samedi
12	5 mercr.	12	4 vendr.	12	4 *Dim.*
13	6 jeudi	13	5 samedi	13	5 lundi
14	7 vendr.	14	6 *Dim.*	14	6 mardi
15	8 samedi	15	7 lundi	15	7 mercr.
16	9 *Dim.*	16	8 mardi	16	8 jeudi
17	10 lundi	17	9 mercr.	17	9 vendr.
18	11 mardi	18	10 jeudi	18	10 samedi
19	12 mercr.	19	11 vendr.	19	11 *Dim.*
20	13 jeudi	20	12 samedi	20	12 lundi
21	14 vendr.	21	13 *Dim.*	21	13 mardi
22	15 samedi	22	14 lundi	22	14 mercr.
23	16 *Dim.*	23	15 mardi	23	15 jeudi
24	17 lundi	24	16 mercr.	24	16 vendr.
25	18 mardi	25	17 jeudi	25	17 samedi
26	19 mercr.	26	18 vendr.	26	18 *Dim.*
27	20 jeudi	27	19 samedi	27	19 lundi
28	21 vendr.	28	20 *Dim.*	28	20 mardi
29	22 samedi	29	21 lundi	29	21 mercr.
30	23 *Dim.*	30	22 mardi	30	22 jeudi

Ère Republicaine an 12 = Ère Vulgaire 1803 et 1804

NIVOSE AN 12	DÉCEMBRE 1803 JANVIER 1804	PLUVIOSE AN 12	JANVIER ET FÉVRIER 1804	VENTOSE AN 12	FÉVRIER ET MARS 1804
1	23 vendr.	1	22 *Dim.*	1	21 mardi
2	24 samedi	2	23 lundi	2	22 mercr.
3	25 *Dim.*	3	24 mardi	3	23 jeudi
4	26 lundi	4	25 mercr.	4	24 vendr.
5	27 mardi	5	26 jeudi	5	25 samedi
6	28 mercr.	6	27 vendr.	6	26 *Dim.*
7	29 jeudi	7	28 samedi	7	27 lundi
8	30 vendr.	8	29 *Dim.*	8	28 mardi
9	31 samedi	9	30 lundi	9	29 mercr.
10	1 *Dim.*	10	31 mardi	10	1 jeudi
11	2 lundi	11	1 mercr.	11	2 vendr.
12	3 mardi	12	2 jeudi	12	3 samedi
13	4 mercr.	13	3 vendr.	13	4 *Dim.*
14	5 jeudi	14	4 samedi	14	5 lundi
15	6 vendr.	15	5 *Dim.*	15	6 mardi
16	7 samedi	16	6 lundi	16	7 mercr.
17	8 *Dim.*	17	7 mardi	17	8 jeudi
18	9 lundi	18	8 mercr.	18	9 vendr.
19	10 mardi	19	9 jeudi	19	10 samedi
20	11 mercr.	20	10 vendr.	20	11 *Dim.*
21	12 jeudi	21	11 samedi	21	12 lundi
22	13 vendr.	22	12 *Dim.*	22	13 mardi
23	14 samedi	23	13 lundi	23	14 mercr.
24	15 *Dim.*	24	14 mardi	24	15 jeudi
25	16 lundi	25	15 mercr.	25	16 vendr.
26	17 mardi	26	16 jeudi	26	17 samedi
27	18 mercr.	27	17 vendr.	27	18 *Dim.*
28	19 jeudi	28	18 samedi	28	19 lundi
29	20 vendr.	29	19 *Dim.*	29	20 mardi
30	21 samedi	30	20 lundi	30	21 mercr.

Ère Républicaine an 12 = Ère Vulgaire 1804

GERMINAL AN 12	MARS ET AVRIL 1804	FLORÉAL AN 12	AVRIL ET MAI 1804	PRAIRIAL AN 12	MAI ET JUIN 1804
1	22 jeudi	1	21 samedi	1	21 lundi
2	23 vendr.	2	22 *Dim.*	2	22 mardi
3	24 samedi	3	23 lundi	3	23 mercr.
4	25 *Dim.*	4	24 mardi	4	24 jeudi
5	26 lundi	5	25 mercr.	5	25 vendr.
6	27 mardi	6	26 jeudi	6	26 samedi
7	28 mercr.	7	27 vendr.	7	27 *Dim.*
8	29 jeudi	8	28 samedi	8	28 lundi
9	30 vendr.	9	29 *Dim.*	9	29 mardi
10	31 samedi	10	30 lundi	10	30 mercr.
11	AVRIL 1804 1 *Dim.*	11	MAI 1 mardi	11	31 jeudi
12	2 lundi	12	2 mercr.	12	JUIN 1 vendr.
13	3 mardi	13	3 jeudi	13	2 samedi
14	4 mercr.	14	4 vendr.	14	3 *Dim.*
15	5 jeudi	15	5 samedi	15	4 lundi
16	6 vendr.	16	6 *Dim.*	16	5 mardi
17	7 samedi	17	7 lundi	17	6 mercr.
18	8 *Dim.*	18	8 mardi	18	7 jeudi
19	9 lundi	19	9 mercr.	19	8 vendr.
20	10 mardi	20	10 jeudi	20	9 samedi
21	11 mercr.	21	11 vendr.	21	10 *Dim.*
22	12 jeudi	22	12 samedi	22	11 lundi
23	13 vendr.	23	13 *Dim.*	23	12 mardi
24	14 samedi	24	14 lundi	24	13 mercr.
25	15 *Dim.*	25	15 mardi	25	14 jeudi
26	16 lundi	26	16 mercr.	26	15 vendr.
27	17 mardi	27	17 jeudi	27	16 samedi
28	18 mercr.	28	18 vendr.	28	17 *Dim.*
29	19 jeudi	29	19 samedi	29	18 lundi
30	20 vendr.	30	20 *Dim.*	30	19 mardi

Ère Républicaine an 12 = Ère Vulgaire 1804

MESSIDOR AN 12	JUIN ET JUILLET 1804	THERMIDOR AN 12	JUILLET ET AOUT 1804	FRUCTIDOR AN 12	AOUT ET SEPTEMBRE 1804
1	20 mercr.	1	20 vendr.	1	19 *Dim.*
2	21 jeudi	2	21 samedi	2	20 lundi
3	22 vendr.	3	22 *Dim.*	3	21 mardi
4	23 samedi	4	23 lundi	4	22 mercr.
5	24 *Dim.*	5	24 mardi	5	23 jeudi
6	25 lundi	6	25 mercr.	6	24 vendr.
7	26 mardi	7	26 jeudi	7	25 samedi
8	27 mercr.	8	27 vendr.	8	26 *Dim.*
9	28 jeudi	9	28 samedi	9	27 lundi
10	29 vendr.	10	29 *Dim.*	10	28 mardi
11	30 samedi	11	30 lundi	11	29 mercr.
12	1 *Dim.* (JUILLET 1804)	12	31 mardi	12	30 jeudi
13	2 lundi	13	1 mercr. (AOUT)	13	31 vendr.
14	3 mardi	14	2 jeudi	14	1 samedi (SEPTEMBRE)
15	4 mercr.	15	3 vendr.	15	2 *Dim.*
16	5 jeudi	16	4 samedi	16	3 lundi
17	6 vendr.	17	5 *Dim.*	17	4 mardi
18	7 samedi	18	6 lundi	18	5 mercr.
19	8 *Dim.*	19	7 mardi	19	6 jeudi
20	9 lundi	20	8 mercr.	20	7 vendr.
21	10 mardi	21	9 jeudi	21	8 samedi
22	11 mercr.	22	10 vendr.	22	9 *Dim.*
23	12 jeudi	23	11 samedi	23	10 lundi
24	13 vendr.	24	12 *Dim.*	24	11 mardi
25	14 samedi	25	13 lundi	25	12 mercr.
26	15 *Dim.*	26	14 mardi	26	13 jeudi
27	16 lundi	27	15 mercr.	27	14 vendr.
28	17 mardi	28	16 jeudi	28	15 samedi
29	18 mercr.	29	17 vendr.	29	16 *Dim.*
30	19 jeudi	30	18 samedi	30	17 lundi
				1 (J. COMPL.)	18 mardi
				2	19 mercr.
				3	20 jeudi
				4	21 vendr.
				5	22 samedi

Ère Républicaine an 13 = Ère Vulgaire 1804

VENDÉMIAIRE AN 13	SEPTEMBRE ET OCTOBRE 1804	BRUMAIRE AN 13	OCTOBRE ET NOVEMBRE 1804	FRIMAIRE AN 13	NOVEMBRE ET DÉCEMBRE 1804
1	23 *Dim.*	1	23 mardi	1	22 jeudi
2	24 lundi	2	24 mercr.	2	23 vendr.
3	25 mardi	3	25 jeudi	3	24 samedi
4	26 mercr.	4	26 vendr.	4	25 *Dim.*
5	27 jeudi	5	27 samedi	5	26 lundi
6	28 vendr.	6	28 *Dim.*	6	27 mardi
7	29 samedi	7	29 lundi	7	28 mercr.
8	30 *Dim.*	8	30 mardi	8	29 jeudi
9	OCTOBRE 1804 — 1 lundi	9	31 mercr.	9	30 vendr.
10	2 mardi	10	NOVEMBRE — 1 jeudi	10	DÉCEMBRE — 1 samedi
11	3 mercr.	11	2 vendr.	11	2 *Dim.*
12	4 jeudi	12	3 samedi	12	3 lundi
13	5 vendr.	13	4 *Dim.*	13	4 mardi
14	6 samedi	14	5 lundi	14	5 mercr.
15	7 *Dim.*	15	6 mardi	15	6 jeudi
16	8 lundi	16	7 mercr.	16	7 vendr.
17	9 mardi	17	8 jeudi	17	8 samedi
18	10 mercr.	18	9 vendr.	18	9 *Dim.*
19	11 jeudi	19	10 samedi	19	10 lundi
20	12 vendr.	20	11 *Dim.*	20	11 mardi
21	13 samedi	21	12 lundi	21	12 mercr.
22	14 *Dim.*	22	13 mardi	22	13 jeudi
23	15 lundi	23	14 mercr.	23	14 vendr.
24	16 mardi	24	15 jeudi	24	15 samedi
25	17 mercr.	25	16 vendr.	25	16 *Dim.*
26	18 jeudi	26	17 samedi	26	17 lundi
27	19 vendr.	27	18 *Dim.*	27	18 mardi
28	20 samedi	28	19 lundi	28	19 mercr.
29	21 *Dim.*	29	20 mardi	29	20 jeudi
30	22 lundi	30	21 mercr.	30	21 vendr.

Ère Républicaine an 13 = Ère Vulgaire 1804 et 1805

NIVOSE AN 13	DÉCEMBRE 1804 JANVIER 1805	PLUVIOSE AN 13	JANVIER ET FÉVRIER 1805	VENTOSE AN 13	FÉVRIER ET MARS 1805
1	22 samedi	1	21 lundi	1	20 mercr.
2	23 *Dim.*	2	22 mardi	2	21 jeudi
3	24 lundi	3	23 mercr.	3	22 vendr.
4	25 mardi	4	24 jeudi	4	23 samedi
5	26 mercr.	5	25 vendr.	5	24 *Dim.*
6	27 jeudi	6	26 samedi	6	25 lundi
7	28 vendr.	7	27 *Dim.*	7	26 mardi
8	29 samedi	8	28 lundi	8	27 mercr.
9	30 *Dim.*	9	29 mardi	9	28 jeudi
10	31 lundi	10	30 mercr.	10	MARS 1 vendr.
11	JANVIER 1805 1 mardi	11	31 jeudi	11	2 samedi
12	2 mercr.	12	FÉVRIER 1 vendr.	12	3 *Dim.*
13	3 jeudi	13	2 samedi	13	4 lundi
14	4 vendr.	14	3 *Dim.*	14	5 mardi
15	5 samedi	15	4 lundi	15	6 mercr.
16	6 *Dim.*	16	5 mardi	16	7 jeudi
17	7 lundi	17	6 mercr.	17	8 vendr.
18	8 mardi	18	7 jeudi	18	9 samedi
19	9 mercr.	19	8 vendr.	19	10 *Dim.*
20	10 jeudi	20	9 samedi	20	11 lundi
21	11 vendr.	21	10 *Dim.*	21	12 mardi
22	12 samedi	22	11 lundi	22	13 mercr.
23	13 *Dim.*	23	12 mardi	23	14 jeudi
24	14 lundi	24	13 mercr.	24	15 vendr.
25	15 mardi	25	14 jeudi	25	16 samedi
26	16 mercr.	26	15 vendr.	26	17 *Dim.*
27	17 jeudi	27	16 samedi	27	18 lundi
28	18 vendr.	28	17 *Dim.*	28	19 mardi
29	19 samedi	29	18 lundi	29	20 mercr.
30	20 *Dim.*	30	19 mardi	30	21 jeudi

Ère Républicaine an 13 = Ère Vulgaire 1805

GERMINAL AN 13	MARS ET AVRIL 1805	FLORÉAL AN 13	AVRIL ET MAI 1805	PRAIRIAL AN 13	MAI ET JUIN 1805
1	22 vendr.	1	21 *Dim.*	1	21 mardi
2	23 samedi	2	22 lundi	2	22 mercr.
3	24 *Dim.*	3	23 mardi	3	23 jeudi
4	25 lundi	4	24 mercr.	4	24 vendr.
5	26 mardi	5	25 jeudi	5	25 samedi
6	27 mercr.	6	26 vendr.	6	26 *Dim.*
7	28 jeudi	7	27 samedi	7	27 lundi
8	29 vendr.	8	28 *Dim.*	8	28 mardi
9	30 samedi	9	29 lundi	9	29 mercr.
10	31 *Dim.*	10	30 mardi	10	30 jeudi
11	AVRIL 1805 — 1 lundi	11	MAI — 1 mercr.	11	31 vendr.
12	2 mardi	12	2 jeudi	12	JUIN — 1 samedi
13	3 mercr.	13	3 vendr.	13	2 *Dim*
14	4 jeudi	14	4 samedi	14	3 lundi
15	5 vendr.	15	5 *Dim.*	15	4 mardi
16	6 samedi	16	6 lundi	16	5 mercr.
17	7 *Dim.*	17	7 mardi	17	6 jeudi
18	8 lundi	18	8 mercr.	18	7 vendr.
19	9 mardi	19	9 jeudi	19	8 samedi
20	10 mercr.	20	10 vendr.	20	9 *Dim.*
21	11 jeudi	21	11 samedi	21	10 lundi
22	12 vendr.	22	12 *Dim.*	22	11 mardi
23	13 samedi	23	13 lundi	23	12 mercr.
24	14 *Dim.*	24	14 mardi	24	13 jeudi
25	15 lundi	25	15 mercr.	25	14 vendr.
26	16 mardi	26	16 jeudi	26	15 samedi
27	17 mercr.	27	17 vendr.	27	16 *Dim.*
28	18 jeudi	28	18 samedi	28	17 lundi
29	19 vendr.	29	19 *Dim.*	29	18 mardi
30	20 samedi	30	20 lundi	30	19 mercr.

Ère Républicaine an 13 = Ère Vulgaire 1805

MESSIDOR AN 13	JUIN ET JUILLET 1805	THERMIDOR AN 13	JUILLET ET AOUT 1805	FRUCTIDOR AN 13	AOUT ET SEPTEMBRE 1805
1	20 jeudi	1	20 samedi	1	19 lundi
2	21 vendr.	2	21 Dim.	2	20 mardi
3	22 samedi	3	22 lundi	3	21 mercr.
4	23 Dim.	4	23 mardi	4	22 jeudi
5	24 lundi	5	24 mercr.	5	23 vendr.
6	25 mardi	6	25 jeudi	6	24 samedi
7	26 mercr.	7	26 vendr.	7	25 Dim.
8	27 jeudi	8	27 samedi	8	26 lundi
9	28 vendr.	9	28 Dim.	9	27 mardi
10	29 samedi	10	29 lundi	10	28 mercr.
11	30 Dim.	11	30 mardi	11	29 jeudi
12	*JUILLET 1805* 1 lundi	12	31 mercr.	12	30 vendr.
13	2 mardi	13	*AOUT* 1 jeudi	13	31 samedi
14	3 mercr.	14	2 vendr.	14	*SEPTEMBRE* 1 Dim.
15	4 jeudi	15	3 samedi	15	2 lundi
16	5 vendr.	16	4 Dim.	16	3 mardi
17	6 samedi	17	5 lundi	17	4 mercr.
18	7 Dim.	18	6 mardi	18	5 jeudi
19	8 lundi	19	7 mercr.	19	6 vendr.
20	9 mardi	20	8 jeudi	20	7 samedi
21	10 mercr.	21	9 vendr.	21	8 Dim.
22	11 jeudi	22	10 samedi	22	9 lundi
23	12 vendr.	23	11 Dim.	23	10 mardi
24	13 samedi	24	12 lundi	24	11 mercr.
25	14 Dim.	25	13 mardi	25	12 jeudi
26	15 lundi	26	14 mercr.	26	13 vendr.
27	16 mardi	27	15 jeudi	27	14 samedi
28	17 mercr.	28	16 vendr.	28	15 Dim.
29	18 jeudi	29	17 samedi	29	16 lundi
30	19 vendr.	30	18 Dim.	30	17 mardi
				J. COMPL. 1	18 mercr.
				2	19 jeudi
				3	20 vendr.
				4	21 samedi
				5	22 Dim.

Ère Républicaine an 14 = Ère Vulgaire 1805

VENDÉMIAIRE AN 14	SEPTEMBRE ET OCTOBRE 1805	BRUMAIRE AN 14	OCTOBRE ET NOVEMBRE 1805	FRIMAIRE AN 14	NOVEMBRE ET DÉCEMBRE 1805
1	23 lundi	1	23 mercr.	1	22 vendr.
2	24 mardi	2	24 jeudi	2	23 samedi
3	25 mercr.	3	25 vendr.	3	24 Dim.
4	26 jeudi	4	26 samedi	4	25 lundi
5	27 vendr.	5	27 Dim.	5	26 mardi
6	28 samedi	6	28 lundi	6	27 mercr.
7	29 Dim.	7	29 mardi	7	28 jeudi
8	30 lundi	8	30 mercr.	8	29 vendr.
9	1 mardi	9	31 jeudi	9	30 samedi
10	2 mercr.	10	1 vendr.	10	1 Dim.
11	3 jeudi	11	2 samedi	11	2 lundi
12	4 vendr.	12	3 Dim.	12	3 mardi
13	5 samedi	13	4 lundi	13	4 mercr.
14	6 Dim.	14	5 mardi	14	5 jeudi
15	7 lundi	15	6 mercr.	15	6 vendr.
16	8 mardi	16	7 jeudi	16	7 samedi
17	9 mercr.	17	8 vendr.	17	8 Dim.
18	10 jeudi	18	9 samedi	18	9 lundi
19	11 vendr.	19	10 Dim.	19	10 mardi
20	12 samedi	20	11 lundi	20	11 mercr.
21	13 Dim.	21	12 mardi	21	12 jeudi
22	14 lundi	22	13 mercr.	22	13 vendr.
23	15 mardi	23	14 jeudi	23	14 samedi
24	16 mercr.	24	15 vendr.	24	15 Dim.
25	17 jeudi	25	16 samedi	25	16 lundi
26	18 vendr.	26	17 Dim.	26	17 mardi
27	19 samedi	27	18 lundi	27	18 mercr.
28	20 Dim.	28	19 mardi	28	19 jeudi
29	21 lundi	29	20 mercr.	29	20 vendr.
30	22 mardi	30	21 jeudi	30	21 samedi

In the Septembre-Octobre column, OCTOBRE 1805 starts at row 9 (1 mardi). In the Octobre-Novembre column, NOVEMBRE starts at row 10 (1 vendr.). In the Novembre-Décembre column, DÉCEMBRE starts at row 10 (1 Dim.).

Ère Républicaine an 14 = Ère Vulgaire 1805

NIVOSE AN 14	DÉCEMBRE 1805	
1	22	*Dimanche*
2	23	lundi
3	24	mardi
4	25	mercredi
5	26	jeudi
6	27	vendredi
7	28	samedi
8	29	*Dimanche*
9	30	lundi
10	31	mardi

Le Sénatus-consulte du 22 fructidor an XIII (9 septembre 1805), reproduit ci-après, ayant décrété le rétablissement du Calendrier Grégorien à compter du 11 nivôse suivant (1er janvier 1806), les actes publics furent dès lors datés selon l'ère vulgaire. Il était inutile de pousser la Concordance plus loin. Si, pour une raison quelconque, on avait besoin de connaître entièrement l'an XIV, il suffirait de le comparer avec l'an VIII, qui eut le même nombre de jours correspondant exactement aux jours de semaine du Calendrier Grégorien.

SÉNATUS-CONSULTE

Sur le rétablissement du Calendrier grégorien.

Du 22 Fructidor an XIII

(Bulletin des Lois, n° 56)

NAPOLÉON, par la grâce de Dieu et les constitutions de la République, EMPEREUR DES FRANÇAIS, à tous présens et à venir, SALUT.

Le Sénat, après avoir entendu les orateurs du Conseil d'État, a décrété et nous ORDONNONS ce qui suit :

Extrait des registres du sénat-conservateur, du lundi 22 fructidor an XIII.

SÉNATUS-CONSULTE

LE Sénat-conservateur, réuni au nombre de membres prescrit par l'article XC de l'acte des constitutions du 22 frimaire an VIII ;

Vu le projet de sénatus-consulte, rédigé en la forme prescrite par l'article LVII de l'acte des constitutions du 16 thermidor an X ;

Après avoir entendu, sur les motifs dudit projet, les orateurs du Gouvernement et le rapport de la commission spéciale nommée dans la séance du 15 de ce mois, décrète ce qui suit :

ARTICLE PREMIER

A compter du 11 nivôse prochain, 1er janvier 1806, le

calendrier grégorien sera mis en usage dans tout l'Empire français.

2. Le présent sénatus-consulte sera transmis par un message à Sa Majesté Impériale.

Les président et secrétaires, *signé* FRANÇOIS (de Neufchâteau), *président;* COLAUD, PORCHER, *secrétaires.* Vu et scellé, *le chancellier du Sénat,* signé LAPLACE.

MANDONS et ordonnons que les présentes, revêtues des sceaux de l'État, insérées au Bulletin des lois, soient adressées aux Cours, aux Tribunaux et aux autorités administratives, pour qu'ils les inscrivent dans leurs registres, les observent et les fassent observer; et notre Grand-Juge Ministre de la justice est chargé d'en surveiller la publication.

Donné au palais impérial de Saint-Cloud, le 24 Fructidor an XIII, de notre règne le second.

Signé NAPOLÉON.

Vu par nous Archi-Chancelier de l'Empire,
       Signé CAMBACÉRÈS.

Le Grand-Juge Ministre   Par l'Empereur,
de la Justice,   *Le Secrétaire d'État,*

Signé REGNIER.   *Signé* HUGUES B. MARET.

Motifs du sénatus-consulte présenté au Sénat-conservateur, dans sa séance du 15 fructidor, par MM. Regnaud (de Saint-Jean-d'Angély) et Mounier, orateurs du Gouvernement.

MESSIEURS,

Tous les changemens, toutes les réformes que la politique a approuvés lorsque le génie les a conçus, que les mœurs ont sanctionnés lorsque les lois les ont consacrés, que les nations étrangères commenceront par envier et finiront par emprunter à la nation française, sont et seront toujours soigneusement maintenus par l'administration, fortement protégés par le Gouvernement.

Tel est, par exemple, l'établissement des nouveaux poids et mesures, que défendront toujours contre la routine, l'obstination ou l'ignorance, l'unanimité de l'opinion des savans, la base invariable de leur travail, la nature même de cette base, qui est commune à toutes les nations, les avantages de la division pour les calculs, enfin le besoin de l'uniformité pour l'Empire, et tôt ou tard le besoin de l'uniformité pour le monde.

Mais, parmi les établissemens dont l'utilité a été niée, dont la perfection a été contestée, dont les avantages sont demeurés douteux, il n'en est point qui ait éprouvé de contradiction plus forte, de résistance plus opiniâtre que le nouveau calendrier décrété le 5 octobre 1793, et régularisé par la loi du 4 frimaire an II.

Il fut imaginé dans la vue de donner aux Français un calendrier purement civil, et qui, n'étant subordonné aux pratiques d'aucun culte, convînt également à tous.

Cependant, quand la première idée de la division décadaire fut proposée, au nom du comité d'instruction pu-

4

blique de la Convention, à un comité de géomètres et d'astronomes pris dans l'académie des sciences, cette innovation fut unanimement désapprouvée et combattue par des raisons qu'il est inutile de rappeler, puisque la division par semaine est déjà rétablie, et que l'opposition des savans portait sur la difficulté et les inconvéniens de sa suppression.

Cette substitution de la semaine à la décade a déjà fait perdre au calendrier français un de ses avantages les plus usuels, c'est-à-dire cette correspondance constante entre le quantième du mois et celui de la décade. En effet, le nombre 7 n'étant diviseur ni des nombres de jours du mois ni de celui des jours de l'année, il est impossible, dans le calendrier français qui, en cela, ressemble à tous les autres, d'établir une règle tant soit peu commode pour trouver le quantième du mois par celui de la semaine, ou réciproquement.

Les avantages qui restent encore au calendrier français ne seraient pas pourtant à dédaigner : la longueur uniforme des mois composés constamment de 30 jours ; les saisons qui commencent avec le mois, et ces terminaisons symétriques qui font apercevoir à quelle saison chaque mois appartient, sont des idées simples et commodes qui assureraient au calendrier français une préférence incontestable sur le calendrier romain, si on les proposait aujourd'hui tous deux pour la première fois ; ou, pour mieux dire, personne n'oserait aujourd'hui proposer le calendrier romain, s'il était nouveau.

Dans le calendrier français on voit une division sage et régulière, fondée sur la connaissance exacte de l'année et du cours du soleil, tandis que dans le calendrier romain on voit, sans aucun ordre, des mois de 28, 29, 30 et 31 jours, des mois qui se partagent entre des saisons différentes ; enfin le commencement de l'année y est fixé, non pas à un équinoxe ou à un solstice, mais 9 ou 10 jours après le solstice d'hiver.

Dans ces institutions bizarres en trouve l'empreinte des superstitions et des erreurs qui ont successivement entravé ou même dirigé les réformateurs successifs du calendrier, Numa, Jules-César et Grégoire XIII.

C'est, par exemple, pour ne rien ajouter à la longueur d'un mois consacré aux mânes et aux expiations que février n'eut que 28 jours ; c'est pour d'autres raisons aussi vaines que Numa avait fait tous les autres mois d'un nombre impair de jours.

C'est par respect pour ces préjugés, et pour ne pas déplacer certaines fêtes, que Jules-César, en corrigeant la longueur de l'année solaire, ne toucha point au mois de février, ce qui lui donnait 7 jours à répartir entre les onze autres mois ; et c'est de là qu'est venue la nécessité d'avoir plusieurs mois de 31 jours de suite, comme ceux de juillet et août, décembre et janvier.

Enfin, c'est parce que le concile de Nicée, où l'on ignorait la vraie longueur de l'année et l'anticipation des équinoxes dans le calendrier Julien, avait établi, pour la célébration de la Pâques, une règle devenue impraticable par le laps du temps; et c'est par l'importance que Grégoire XIII mit à assurer à jamais l'exécution du canon du concile relatif à la fête de Pâques, qu'il entreprit sa réformation.

Tous les embarras de ce calendrier sont venus de ce qu'il fut commencé dans un temps où, par ignorance de l'année solaire, on était forcé de se régler sur la lune, et de ce qu'ensuite, lorsqu'on eut une connaissance moins inexacte du cours du soleil, on ne voulut pas renoncer tout à fait à l'année lunaire, pour ne point déranger l'ordre des fêtes réglées primitivement sur la lune.

Rien de plus simple que l'année civile, qui depuis longtemps est purement solaire; rien de plus inutilement compliqué que l'année ecclésiastique, qui est luni-solaire.

Ce n'est pas que le calendrier français soit lui-même à l'abri de tout reproche, ni qu'il ait toute la perfection désirable, perfection qu'il était si facile de lui donner, s'il eût été l'ouvrage de la raison tranquille.

Il a deux défauts essentiels :

Le premier et le plus grave est la règle prescrite pour les sextiles, qu'on a fait dépendre du cours vrai et inégal du soleil, au lieu de les placer à des intervalles fixes. Il en résulte que, sans être un peu astronome, on ne peut savoir précisément le nombre de jours qu'on doit donner à chaque année, et que tous les astronomes réunis seraient, en certaines circonstances, assez embarrassés pour déterminer à quel jour telle année doit commencer, ce qui a lieu quand l'équinoxe arrive tout près de minuit.

Il n'existe encore aucun instrument, aucun moyen assez précis pour lever le doute en ces circonstances ; la décision dépendrait de savoir à quelles tables astronomiques on donnerait la préférence, et ces tables changent perpétuellement.

Ce défaut, peu sensible pour les contemporains, a les conséquences les plus graves pour la chronologie : il pourrait toutefois se corriger avec facilité ; il suffirait de supprimer l'art. III de la loi qui a réglé ce calendrier, et d'ordonner qu'à commencer de l'an XVI les sextiles se succédassent de quatre ans en quatre ans ; les années séculaires de quatre cents ans en quatre cents ans.

Cette correction, réclamée par les géomètres et les astronomes, avait été accueillie par Romme, l'un des principaux auteurs du calendrier ; il en avait fait la matière d'un rapport et d'un projet de loi, imprimé et distribué le jour même de la mort de son auteur, et que cette raison seule a empêché d'être présenté à la Convention.

Mais un défaut plus important du calendrier français est dans l'époque assignée pour le commencement de l'année. On aurait dû, pour contrarier moins nos habitudes et les usages reçus, le fixer au solstice d'hiver, ou bien à l'équinoxe du printemps, c'est-à-dire au passage du soleil par le

point d'où tous les astronómes de tous les temps et de tous
les pays ont compté les mouvemens célestes.

On a préféré l'équinoxe d'automne pour éterniser le souvenir d'un changement qui a inquiété toute l'Europe; qui,
loin d'avoir l'assentiment de tous les Français, a signalé
nos discordes civiles ; et c'est du nouveau calendrier qu'ont
daté en même temps la gloire de nos camps et les malheurs
de nos cités.

Il n'en fallait pas davantage pour faire rejeter éternelle-
ment ce calendrier par toutes les nations rivales, et même
par une partie de la nation française.

C'est la sage objection qu'on fit dans le temps et qu'on
fit en vain aux auteurs du calendrier : « Vous avez, leur
« disait-on, l'ambition de faire adopter un jour par tous
« les peuples votre système des poids et mesures, et pour
« cela vous ménagez tous les amours-propres. Rien dans ce
« système ne laissera voir qu'il est l'ouvrage des Français.
« Vous faites choix d'un module qui appartient également
« à toutes les nations.

« Eh bien ! il existe en Europe et en Amérique une me-
« sure universelle qui ne doit pas plus appartenir à une
« nation qu'à une autre, et dont toutes, presque toutes du
« moins, sont convenues; c'est la mesure du temps, et
« vous voulez la détruire ; et vous mettez à la place une ère
« qui a pour origine une époque particulière de votre his-
« toire, époque qui n'est pas jugée, et sur laquelle les siècles
« seuls prononceront.

« Les Français eux-mêmes, ajoutait-on, divisés d'opi-
« nion sur l'institution que vous voulez consacrer, résiste-
« ront à l'établissement de votre calendrier. Il sera re-
« poussé par tous les peuples qui cesseront de vous en-
« tendre, et que vous n'entendrez plus, à moins que vous
« n'ayez deux calendriers à la fois, ce qui est beaucoup
« plus incommode que de n'en avoir qu'un seul, fût-il plus
« mauvais encore que le calendrier nouveau. »

4

Cette prédiction, messieurs, s'est accomplie; nous avons en effet deux calendriers en France. Le calendrier français n'est employé que dans les actes du Gouvernement, ou dans les actes civils, publics ou particuliers qui sont réglés par la loi; dans les relations sociales, le calendrier romain est resté en usage; dans l'ordre religieux, il est nécessairement suivi, et la double date est ainsi constamment employée.

Si pourtant, messieurs, ce calendrier avait la perfection qui lui manque, si les deux vices essentiels que j'ai relevés plus haut ne s'y trouvaient pas, S. M. impériale et royale ne se serait pas décidée à en proposer l'abrogation.

Elle eût attendu, du temps qui fait triompher la raison des préjugés, la vérité de la prévention, l'utilité de la routine, l'occasion de faire adopter par toute l'Europe, par tous les peuples civilisés, un meilleur système de mesure des années, comme on peut se flatter qu'elle adoptera un jour un meilleur système des mesures des espaces et des choses.

Mais les défauts de notre calendrier ne lui permettaient pas d'aspirer à l'honneur de devenir le calendrier européen. Ses auteurs n'ont pas profité des leçons qu'après l'histoire, les savans contemporains leur avaient données. Il faut, quand on veut travailler pour le monde et les siècles, oublier le jour que l'on compte, le lieu où l'on est, les hommes qui nous entourent; il faut ne consulter que la sagesse, ne céder qu'à la raison, ne voir que l'avenir.

En méconnaissant ces principes, on ne fait que montrer des institutions passagères, auxquelles l'opinion résiste, que l'habitude combat même chez les peuples pour qui elles sont faites, et qu'au dehors la raison repousse comme une innovation sans utilité, comme une difficulté à vaincre sans bienfaits à recueillir.

Le calendrier grégorien, auquel S. M. vous propose, messieurs, de revenir, a l'avantage inappréciable d'être commun à presque tous les peuples de l'Europe.

Longtemps, à la vérité, les protestans le repoussèrent;
les Anglais, en haine du culte romain, l'ont rejeté jusqu'en
1753; les Russes ne le reconnaissent pas encore : mais, tel
qu'il est, il peut être regardé *comme le calendrier commun
de l'Europe*, tandis que le nôtre nous mettait pour ainsi
dire en scission avec elle, et en opposition avec nous-
mêmes; puisque le calendrier grégorien était resté en concurrence avec le nouveau; puisqu'il était constamment
dans nos usages et dans nos mœurs, quand le calendrier
français n'était que dans nos lois et nos actes publics.

Dans cette position, messieurs, Sa Majesté a cru qu'il
vous appartenait de rendre à la France, pour ses actes con-
stitutionnels, législatifs et civils, l'usage du calendrier
qu'elle n'a pas cessé d'employer en concurrence avec celui
qui lui fut donné en 1793, et dont l'abrogation de la division décimale avait fait disparaître les principaux avantages.

Quand **vous** aurez consacré le principe, les détails d'ap-
plication seront réglés suivant les besoins **du Gouverne-**
ment et de l'administration.

Un jour viendra, sans doute, où l'Europe calmée, ren-
due à la paix, à ses conceptions utiles, à ses études savantes,
sentira le besoin de perfectionner les institutions sociales,
de rapprocher les peuples, en leur rendant **ces institutions
communes;** où elle voudra marquer une **ère mémorable**
par une manière générale et plus parfaite de mesurer le
temps.

Alors un nouveau calendrier pourra se composer pour
l'Europe entière, pour l'univers politique et commerçant,
des débris perfectionnés de celui auquel la France renonce
en ce moment, afin de ne pas s'isoler au milieu de l'Europe; alors les travaux de nos savans se trouveront pré-
parés d'avance, et le bienfait d'un **système commun** sera
encore leur ouvrage.

*RAPPORT fait au Sénat, dans sa séance du
22 fructidor an XIII, par M. le sénateur
LAPLACE, au nom d'une commission spéciale
nommée dans la séance du 15 pour l'examen
du projet de Sénatus-consulte portant rétablissement du calendrier grégorien.*

SÉNATEURS,

Le projet de sénatus-consulte qui vous a été présenté
dans la dernière séance, et sur lequel vous allez délibérer,
a pour but de rétablir en France le calendrier grégorien, à
compter du 11 nivôse prochain, 1ᵉʳ janvier 1806. Il ne
s'agit point ici d'examiner quel est, de tous les calendriers
possibles, le plus naturel et le plus simple. Nous dirons
seulement que ce n'est ni celui qu'on veut abandonner, ni
celui qu'on propose de reprendre. L'orateur du Gouvernement vous a développé avec beaucoup de soin leurs inconvéniens et leurs avantages. Le principal défaut du calendrier actuel est dans son mode d'intercalation. En fixant
le commencement de l'année au minuit qui précède à
l'observatoire de Paris l'équinoxe vrai d'automne, il remplit, à la vérité, de la manière la plus rigoureuse, la con-
dition d'attacher constamment à la même saison l'origine
des années; mais alors elles cessent d'être des périodes du
temps régulières et faciles à décomposer en jours, ce qui
doit répandre de la confusion sur la chronologie, déjà trop
embarrassée par la multitude des ères. Les astronomes,
pour qui ce défaut est très sensible, en ont plusieurs fois
sollicité la réforme. Avant que la première année bissextile
s'introduisît dans le nouveau calendrier, ils proposèrent
au comité d'instruction publique de la Convention nationale d'adopter une intercalation régulière, et leur demande

fut accueillie favorablement. A cette époque, la Convention revenue à de bons principes, et s'occupant de l'instruction et du progrès des lumières, montrait aux savants une considération et une déférence dont ils conservent le souvenir. Ils se rappelleront toujours avec une vive reconnaissance que plusieurs de ses membres, par un noble dévouement au milieu des orages de la révolution, ont préservé d'une destruction totale les monumens des sciences et des arts. Romme, principal auteur du nouveau calendrier, convoqua plusieurs savans; il rédigea, de concert avec eux, le projet d'une loi par laquelle on substituait un mode régulier d'intercalation au mode précédemment établi; mais enveloppé peu de jours après dans un événement affreux, il périt; et son projet de loi fut abandonné. Il faudrait cependant y revenir, si l'on conservait le calendrier actuel qui, changé par là dans un de ses élémens les plus essentiels, offrirait toujours l'irrégularité d'une première bissextile placée dans la troisième année. La suppression des décades lui a fait éprouver un changement plus considérable. Elles donnaient la facilité de retrouver à tous les instans le quantième du mois; mais à la fin de chaque année, les jours complémentaires troublaient l'ordre de choses attaché aux divers jours de la décade; ce qui nécessitait alors des mesures administratives. L'usage d'une petite période indépendante des mois et des années, telle que la semaine, obvie à cet inconvénient; et déjà l'on a rétabli en France cette période, qui, depuis la plus haute antiquité dans laquelle se perd son origine, circule sans interruption à travers les siècles, en se mêlant aux calendriers successifs des différens peuples.

Mais le plus grave inconvénient du nouveau calendrier est l'embarras qu'il produit dans nos relations extérieures, en nous isolant, sous ce rapport, au milieu de l'Europe; ce qui subsisterait toujours; car nous ne devons pas espérer que ce calendrier soit jamais universellement admis. Son époque est uniquement relative à notre histoire: l'instant où son année commence est placé d'une manière désavantageuse, en ce qu'il partage et répartit sur deux années les mêmes opérations et les mêmes travaux : il a les inconvéniens qu'introduirait dans la vie civile le jour commençant à midi suivant l'usage des astronomes. D'ailleurs, cet instant se rapporte au seul méridien de Paris. En voyant chaque peuple compter de son principal observatoire les longitudes géographiques, peut-on croire qu'ils s'accorderont tous à rapporter au nôtre le commencement de leur année? Il a fallu deux siècles et toute l'influence de la religion pour faire adopter généralement le calendrier grégorien. C'est dans cette universalité si désirable, si difficile à obtenir, et qu'il importe de conserver lorsqu'elle est acquise, que consiste son plus grand avantage. Ce calendrier est maintenant celui de presque tous les peuples d'Europe et d'Amérique; il fut longtemps celui de la France; présentement il règle nos fêtes religieuses, et c'est d'après lui que nous comptons les siècles. Sans doute il a plusieurs défauts considérables; la longueur de ses mois est inégale et bizarre; l'origine de l'année n'y correspond à celle d'aucune des saisons; mais il remplit bien le principal objet d'un calendrier, en se décomposant facilement en jours, et en conservant à très peu près le commencement de l'année moyenne à la même distance de l'équinoxe. Son mode d'intercalation est commode et simple. Il se réduit, comme on sait, à intercaler une bissextile tous les quatre ans; à la supprimer à la fin de chaque siècle, pendant trois siècles consécutifs, pour la rétablir au quatrième; et si, en suivant cette analogie, on supprime encore une bissextile tous les quatre mille ans, il sera fondé sur la vraie longueur de l'année. Mais, dans son état actuel, il faudrait quarante siècles pour éloigner seulement d'un jour l'origine de l'année moyenne de sa véritable origine. Aussi les savans français n'ont jamais cessé d'y assujettir leurs tables astronomiques, devenues par leur extrême précision la base des éphémérides de toutes les nations éclairées.

On pourrait craindre que le retour à l'ancien calendrier

ne fût bientôt suivi du rétablissement des anciennes mesures. Mais l'orateur du Gouvernement a pris soin lui-
même de dissiper cette crainte. Comme lui, nous sommes
persuadés que, loin de rétablir le nombre prodigieux de
mesures différentes qui couvraient le sol de la France et
entravaient son commerce intérieur, le Gouvernement,
bien convaincu de l'utilité d'un système unique de mesures
et de la perfection du système métrique, prendra les
moyens les plus efficaces pour en accélérer l'usage et pour
vaincre la résistance que lui opposent encore les anciennes
habitudes, qui déjà s'effacent de jour en jour.

D'après toutes ces considérations, votre commission
vous propose à l'unanimité l'adoption du projet de Sénatus-
consulte présenté par le Gouvernement.